PRAISE FOR GA

'[I]ndispensable ... [B]eautifully lean and apt trans-
lations'.
BERNARD O'DONOGHUE, *Translation & Literature*

'[M]asterful translations of Gaelic folksongs and poems'.
JAMES J. MCAULEY, *The Irish Times*

'One of our leading translators of Irish poetry into
English'.
SEAMUS CASHMAN, *The Irish Catholic*

'Fitzmaurice seems to genuinely enjoy the originals ...
and that comes through in the verve of the translations'.
FRED JOHNSTON, *Books Ireland*

THE BEST-LOVED POEMS

FROM THE IRISH

Selected Translations

GABRIEL FITZMAURICE

Introduction
by
ALAN TITLEY

MERCIER PRESS

For my dear friends Tom and Eleanor Hubbard

———◦◇◇◦———

MERCIER PRESS
Cork
www.mercierpress.ie

© Gabriel Fitzmaurice, 2025

Individual poets: see p. 176 for acknowledgements

Introduction © Alan Titley

ISBN: 978-1-917453-97-4

Cover art: Brenda Fitzmaurice
Author photograph: Tom Fitzgerald
Cover design: Sarah O'Flaherty

CONTENTS

INTRODUCTION

TRANSLATING IRELAND

Translating Irish poetry into English has a long history. It may not quite have begun with Jonathan Swift's version of Aodh Mac Gabhráin's poem as 'O'Rourke's Feast' in 1735, but it is one of the most famous. Since then, many of Ireland's most distinguished poets in English have tried their hand, mostly with notable success. While James Clarence Mangan may have been freewheeling in his translations, and Austin Clarke's were loose variations, and James Stephens admitted that his were 'loot and plunder', most have tried to render a new poem in English which does justice to the original.

In the first half of the last century, Douglas Hyde and Synge stuck close to their base, while probably the king of our translators, Frank O'Connor, made as accurate translations as possible while still being excellent poems in their own right. After them, John Montague, Thomas Kinsella, Brendan Kennelly, Derek Mahon, Michael Hartnett and Seamus Heaney gave us fresh poems 'from the Irish', each in his own particular way, showing that the personal interpretation is also a vital part of this art.

With this collection, Gabriel Fitzmaurice joins this illustrious crew with style and swagger. His range is wide and his choice is varied. On the one hand, some of the great classics are here, *An Bonnán Buí/*The Yellow

Bittern, *Cill Chais, Cill Aodáin, Dónall Óg*, and also some well-known poems by Máirtín Ó Direáin and Seán Ó Ríordáin. Still, these are followed by an eclectic choice of the moderns right up to the contemporary and the immediate, as, for example, Cathal Ó Searcaigh's harrowing reflection on Gaza.

Translation is a minefield and at the same time a plain of possibilities. The danger is clear, but the wonder is available. Too literal a rendering can be plodding and wooden, too loose may be unrecognisable. The translator must be himself, without smothering the original poet. How can the strange music of another language be made to sound anew without rupture? Irish and English are very different languages in taste, in echo, in feel, in voltage, in texture. They arise from a different core. And yet it must be done, and can only be successful if the translator is immersed in both traditions, wears their clothes with confidence and lives comfortably in their folds.

Gabriel Fitzmaurice is such a man.

Apart from being the bilingual poet that he is, he also has a passionate love of the Irish ballad tradition, that marvellous genre which comes out of Irish poetry meshed and mingled with a wider folk tradition that includes Scotland and England. This is what enables him to make new poems out of elaborately musical poems, such as *Cill Chais* and *An Bonnán Buí*/The Yellow Bittern. Both of them are also songs as much of Irish eighteenth-century poetry was, and therefore, the challenge is, can they be sung again? The same is true of that great poem of heartbreak, *Dónall Óg* and the love song *An Clár Bog*

Déil/The Bog-Deal Board. I tried them all out in the safety of a secluded spot and they all worked. I can hear them now being given a new throat in a great musical or singing session to much acclaim.

Translating the moderns is a different challenge. The problem of rhyme and of assonance is more surmountable, but the familiarity of the language can invite complacency, especially in the reader. Seán Ó Ríordáin has always proved incalcitrant to an easy passage across the languages, but Gabriel has skilfully captured the difficult and subtle rhythm of *Súile Donna*/Brown Eyes with great skill. It is proper that Caitlín Maude should be remembered here as she liberated the voice of Conamara from the jingle-jangle of its usual verse and wrote some passionate poetry about being a woman in her time, both here and in the world.

Similarly, he has perfectly captured the simplicity of Áine Ní Ghlinn's sequence of poems about her Conamara wage-slave in exile in London, lost to home and pointless abroad, hiding the truth of his predicament from his family and from himself.

The translations, like the poems, cover the whole alphabet of mood. There is the wry irony of Cathal Buí's paean to the quenching of thirst, Raftery's cynical lyric about himself (although he may not have composed it), Ó Direáin's haughty dignity, Ó Ríordáin's shape-changing, Michael Davitt's morning horror, Máire Mhac an tSaoi's sentimental Christmas, Cathal Ó Searcaigh's love of home, Ó Bruadair's savage self-pity and Aogán Ó Rathaille's great anger at being worsted in the game of the world.

But perhaps the longest and most sustained, most

passionate blast of poetry is his translation of Michael Hartnett's long poem *An Phurgóid*, a satirical polemical piece of sustained poetical rhetoric which is one of the great poems of its kind. I use the expression 'rhetoric' as a term of honour. We are swept along in its rushing flow, carpented with clever and apposite and sometimes ingenious rhyming couplets. We sense that Fitzmaurice was the only man who could have done it.

This book will take its place as one of the enduring anthologies of Irish poetry translations. It gives us a span of the best of the past as well as the good, the provocative and the different of the modern. It renders the old new, and makes the new relevant. Gabriel Fitzmaurice's translations open a door on a tradition which is dim to many, but make fresh and vibrant poems out of those which have provoked his imagination and excited his poetic spirit. It will be cherished by lovers of our muse and those who truly appreciate the best of poetry.

De ghnáth ceaptar gurb ann d'aistriúcháin ar an nós seo d'fhonn léargais a thabhairt do dhaoine atá aineolach ar litríocht na Gaeilge. Is féidir gur mar sin a bhíonn ar uaire, ach is é is tábhachtaí ná go ndealbhfaí dánta nua Béarla as an ábhar Gaeilge, mar ar deireadh is iad na dánta is mó a mheánn. Fairis sin, ní fiú dánta bacacha amscaí a chur ar fáil a bheadh 'dílis' do na bunleaganacha go litriúil riamh ná choíche, sa mhéid is gur féidir a leithéid sin a dhéanamh in aon chor. Ba mhasla don traidisiún agus do na filí a leithéid agus thabharfadh tuairim bunoscionn leis an bhfírinne don léitheoir bocht.

Mar fhile aitheanta cumasach sa Ghaeilge agus sa Bhéarla is é Gabriel Fitzmaurice an duine is túisce a rithfeadh leat

chun na hoibre seo a chur de go héiritheach agus go dearscnach.
B'é an dúshlán a bhí roimhe an cosán caol a shiúl idir a ghuth
féin a bheith ann mar a chaitheann a bheith, agus lánchead a
chinn a bheith ag an bhfile a chéadcheap chomh maith. Is é sin
go bhfeicfí corp an dáin trí thaibhse an aistriúcháin. Tá an
dá leagan ina ghréasán trína chéile, agus ealaín faoi leith is
ea iad a nochtadh ina gcruinneas féinig. Tá an ealaín sin ag
Gabriel an spiorad a thabhairt amach as an mbundán chomh
slán agus is féidir agus beatha úr a thabhairt dó.

Dúshlán faoin léitheoir Gaeilge atá as cleachtadh
caidreamh leis na dánta bunaidh an Béarla a léamh ar dtúis.
Is dóigh liom go bhfeicfear maitheasaí eile sna dánta dúchais
sin dá bharr, bua eile atá ag an saothar seo nach mbeifí ag
coinne leis. Seachas aon eolas fuar oibiachtúil maidir leis an
stair ná lena bhfuil á scríobh faoi láthair a thagann as an
saothar seo a thaithí, is é pléisiúr lom na héigse an bua is mó
atá aige.

ALAN TITLEY

Mairg Nach Fuil 'na Dhubhthuata

Dáibhí Ó Bruadair (c. 1625–1698)

Mairg nach fuil 'na dhubhthuata,
  Gé holc duine 'na thuata,
I ndóigh go mbeinn mágcuarda
  Idir na daoinibh duarca.

Mairg nach fuil 'na thrudaire
  Eadraibhse, a dhaoine maithe,
Ós iad is fearr chugaibhse,
  A dhream gan iúl gan aithne.

Dá bhfaghainn fear mo mhalarta,
  Ris do reacfainn an suairceas;
Do-bhéarainn luach fallainge
  Idir é 'gus an duairceas.

Ós mó cion fear deaghchulaith
  Ná a chion de chionn bheith tréitheach;
Truagh ar chaitheas le healadhain
  Gan é aniogh ina éadach.

Ós suairc labhartha is bearta gach buairghiúiste
  Gan uaim gan aiste 'na theangain ná suanúchas,
Mo thrua ar chreanas le ceannaraic cruaphrionta
  Ó bhuaic mo bheatha nár chaitheas le tuatúlacht.

Just My Luck I'm Not Pig-Ignorant

Just my luck I'm not pig-ignorant
  Though it's bad to be a boor
Now that I have to go out among
  This miserable shower.

A pity I'm not a stutterer,
  Good people, among you
For that would suit you better,
  You thick, ignorant crew.

If I found a man to swap, I'd trade
  Him verses that would cheer –
As good a cloak as would come, he'd find,
  Between him and despair.

Since a man is less respected
  For his talent than his suit,
I regret that what I've spent on art
  I haven't now in cloth.

Since happy the words and deeds that show no hint,
  On boorish tongues, of music, metre, clarity,
I regret the time I've wasted grappling with hard print
  Since my prime, that I didn't spend it on vulgarity.

Is Fada Liom Oíche Fhírfhliuch

Aogán Ó Rathaille (c. 1675–1729)

Is fada liom oíche fhírfhliuch gan suan, gan srann,
Gan ceathra, gan maoin caoire ná buaibh na mbeann;
Anfa ar toinn taoibh liom do bhuair mo cheann,
’S nár chleachtas im naíon fíogaigh ná ruacain abhann.

Dá maireadh an rí díonmhar ó bhruach na Leamhan
’S an ghasra do bhí ag roinn leis lér thrua mo chall,
I gceannas na gcríoch gcaoin gcluthar gcuanach gcam,
Go dealbh i dtír Dhuibhneach níor bhuan mo chlann.

An Carathach groí fíochmhar lér fuadh an mheang
Is Carathach Laoi i ndaoirse gan fuascladh fann;
Carathach, rí Chinn Toirc, in uaigh ’s a chlann,
’S is atuirse trím chroí gan a dtuairisc ann.

Do shearg mo chroí im chlíteach, do bhuair mo leann,
Na seabhaic nár fríth cinnte, agár dhual an eang
Ó Chaiseal go Toinn Chlíona ’s go Tuamhain thall,
A mbailte ’s a dtír díthchreachta ag sluaghaibh Gall.

THE DRENCHING NIGHT DRAGS ON

The drenching night drags on, no sleep, no snore,
Without cattle, sheep, wealth or horned cows in store,
A storm on the sea nearby in my head makes roar
And I wasn't reared to eating dogfish or winkles by the
　　　　shore.

If the protector-king was living still on the banks of Laune
And his warriors who shared his fate (who'd pity my come-
　　　　down),
If they still ruled this scenic, sheltered, harboured coast-
　　　　line 'round
My family wouldn't be paupers in Corca Dhuibhne now.

Fierce, generous MacCarthy who hated all deceit
With MacCarthy of the Lee in jail, languid, without release,
MacCarthy of Kanturk is dead and all his family –
It bitterly afflicts my heart that they've vanished from
　　　　the scene.

My heart is withered up, my humour's tortured, soured
That the hawks who never penny pinched, who ruled the
　　　　lands throughout
From Cashel to Tonn Cliona thence to Thomond should
　　　　have found
Their towns and their great holdings ravaged by the *Gall*.

A thonnsa thíos is airde géim go hard,
Meabhair mo chinnse cloíte ód bhéiceach tá;
Cabhair dá dtíodh arís ar Éirinn bhán,
Do ghlam nach binn do dhingfinn féin id bhráid.

Oh! wave down here below me, you rant and rave and roar,
My brain from your bellowing is distracted, weary, sore,
If help should ever come again to Ireland's lovely shore
I'd shove your hoarse, harsh howling down your throat.

———◦◦◇◦◦———

AN BONNÁN BUÍ

Cathal Buí Mac Giolla Ghunna (c. 1690–1756)

A bhonnáin bhuí, 'sé mo léan do luí
      Is do chnámha sínte tar éis do ghrinn;
Is chan easpa bídh ach díobháil dí
      A d'fhág i do luí tú ar chúl do chinn.
Is measa liom féin ná scrios na Traí
      Tú bheith 'do luí ar leaca lom',
'S nach ndearna tú díth ná dolaidh sa tír
      'S nárbh fhearr leat fíon ná uisce poll.

A bhonnáin álainn, 'sé mo mhíle crá tú
      Do chúl ar lár amuigh romham sa tslí,
'S gurbh iomaí lá a chluininn do ghráig
      ar an láib is tú ag ól na dí.
Sé an ní a deir cách le do dheartháir Cathal
      Go bhfaighidh sé bás mar siúd, más fíor;
Ach ní amhlaidh atá, siúd an préachán breá
      Chuaigh in éag ar ball le díth na dí.

A bhonnáin óig, 'sé mo mhíle brón
      Tú bheith sínte fuar i measc na dtom,
'S na lucha móra ag triall 'un do thórraimh
      Le beith ag déanamh spóirt agus pléisiúir ann;
'S dá gcuirfeá scéala faoi mo dhéinse
      Go raibh tú i ngéibheann nó i mbroid, gan bhrí
Do bhrisfinn béim duit ar an loch sin Bhéasaigh
      A fhliuchfadh do bhéal is do chorp istigh.

The Yellow Bittern

Bitter, bird, it is to see
       After all your spree, your bones stretched, dead;
Not hunger – No! by thirst laid low,
       Flattened here on the back of your head.
It's worse than the ruin of Troy to me
       To see you stretched among bare rock
Who never did harm nor treachery
       Preferring water to finest hock.

My lovely bird, I sorely grieve
       To see you stretched beside my path
Where you would swill and drink your fill
       And from the puddle I'd hear your rasp.
Everyone warns your brother Cathal
       That the drink will kill him, to stop and think;
But that's not so – observe this crow
       Lately dead for want of drink.

My youthful bird, I'm so depressed
       To see you stretched among the gorse
And the rats assembling for your waking
       To sport and pleasure by your corpse.
And if you'd only sent a message
       That you were in a fix, and dry,
I'd have split the ice upon Lake Vesey,
       You'd have wet your mouth and your craw inside.

Chan iad bhur n-éanlaith atá mé ag éagnach
     An lon, an smaolach, nó an chorr ghlas,
Ach mo bhonnán buí a bhí lán den chroí,
     'S gur chosúil liom féin é i nós is i ndath.
Bhíodh sé go síoraí ag ól na dí,
     Is deirtear go mbímse mar sin seal;
Níl aon deor dá bhfaighinnse nach ligfinn síos
     Ar eagla go bhfaighinnse bás den tart.

'S é d'iarr mo stór orm ligint den ól
     Nó nach mbeinnse beo ach seal beag gearr;
Ach dúirt mé léi gur thug sí an bhréag
     'S gurbh fhaide mo shaolsa an deoch úd d'fháil.
Nach bhfeiceann sibh éan an phíobáin réidh
     A chuaigh d'éag den tart ar ball;
'S a chomharsana cléibh, fliuchaidh bhur mbéal
     Óir chan fhaigheann sibh braon i ndiaidh bhur
       mbáis.

It's not for these birds that I'm mourning,
>The blackbird, songthrush or the crane
But my yellow bittern, a hearty fellow,
>Like me in colour, habit, name.
He was ever drinking, drinking
>And so am I (they say I'm cursed)
There's no drop I'm offered that I won't scoff
>For fear that I might die of thirst.

Give up the booze,' my darling begs me,
>"Twill be your death.' Not so, I think;
I correct my dear's delusion –
>I'll live longer the more I'll drink.
Look at this smooth-throated tippler
>Dead from drought beside me here –
Good neighbours all, come wet your whistles
>For in the grave you'll drink no beer.

—◦◦◇◦◦—

CILL CHAIS

Author unknown

Cad a dhéanfaimid feasta gan adhmad?
    Tá deireadh na gcoillte ar lár.
Níl trácht ar Chill Chais ná a teaghlach,
    Is ní chluinfear a cling go brách –
An áit úd ina gcónaíodh an dea-bhean
    Fuair gradam is meidhir thar mhná;
Bhíodh iarlaí ag tarraing thar toinn ann
    Is an tAifreann binn dá rá.

Ní cluinim fuaim lachan ná gé ann,
    Ná fiolar ag éamh cois cuain,
Ná fiú na beacha chun saothair
    Thabharfadh mil agus céir don tslua.
Níl ceol binn milis na n-éan ann
    le hamharc an lae dul uainn,
Ná an cuaichín ar bharra na ngéag ann –
    Ó is í chuirfeadh an saol chun suain.

Tá ceo ag titim ar chraobha ann
    Ná glanann le gréin ná lá;
Tá smúit ag titim ón spéir ann,
    Is a cuid uisce go léir ag trá.
Níl coll, níl cuileann, níl caor ann,
    Ach clocha is maolchlocháin.
Páirc na foraoise gan chraobh ann,
    Is d'imigh a géim chun fáin.

CILL CHAIS

What shall we do now for timber?
      The last of the woods is laid low:
There's no talk of Cill Chais or its household –
      We'll hear its bell ringing no more.
The place where dwelled the good lady
      For joy and honour renowned,
To where earls would sail o'er the ocean
      And the Mass would sweetly resound.

I hear now no duck or no goose there
      Nor down by the bay eagle's call,
It's useless for bees there to labour
      Who'd bring honey and wax to us all.
No sweet song of birds is now heard there
      As the sun goes down in the west,
No cuckoo on top of the branches
      Soothing the world to rest.

A mist descends on the boughs there
      That clears for no sunshine or day,
A gloom from the sky is descending
      And the waters are ebbing away.
No hazel, no holly, no berry
      But a bare, roofless ruin of stone,
Not a branch in all of the woodlands
      And the game is scattered and gone.

Anois, mar bharr ar gach mí-ghreann,
Chuaigh prionsa na nGael thar sáil'
Anonn le hainnir na míne
Fuair gradam sa bhFrainc is sa Spáinn.
Anois tá a cuallacht dá caoineadh,
Gheibheadh airgead buí agus bán,
Is í ná tógfadh seilbh na ndaoine
Ach cara na bhfíor mbochtán.

Aicim ar Mhuire is ar Íosa
Go dtaga sí arís chugainn slán,
Go mbí rincí fada ag gabháil timpeall,
Ceol veidhlín is tinte cnámh;
Go dtógtar an baile seo ár sinsear
Cill Chais bhreá arís go hard,
Is go brách nó go dtiocfaidh an díleann.
Ná feictear é arís ar lár.

And now to top our misfortune,
      The prince of the Gael sailed away
Overseas with that mildest of women
      Who found honour in France and in Spain.
Now her company's keening
      Their lady who shared out her purse,
Who never evicted the people,
      Friend of the poverty-cursed.

I call upon Mary and Jesus
      She'll return home safe once again,
That we'll circle once more in long dances
      To fiddles 'round bonfires. And then
That Cill Chais will again be erected
      That our forefathers built long ago
And till doom or returns the deluge
      She'll never again be laid low.

AN SPAILPÍN FÁNACH

Ó Brosnacháin? (eighteenth century)

Go deo deo arís ní raghad go Caiseal
Ag díol ná ag reic mo shláinte,
Ná ar mhargadh na saoire i mo shuí cois balla
I mo scaoinse ar leataobh sráide –
Bodairí na tíre ag tíocht ar a gcapaill
Á fhiafraí an bhfuilim hírálta:
Ó! Téanam chun siúil, tá an cúrsa fada;
Seo ar siúl an Spailpín Fánach.

I mo Spailpín Fánach fágadh mise
Ag seasamh ar mo shláinte,
Ag siúl an drúchta go moch ar maidin,
Is ag bailiú galair ráithe.
Ní fheicfear corrán i mo láimh chun bainte
Súiste ná feac beag rámhainne,
Ach bratach na Fraince os cionn mo leapa,
Agus píce agam chun sáite.

Go Callainn nuair a théim is mo *hook* i mo ghlac,
Is mé ansiúd i dtosach gearrtha,
Is nuair a théim go Dúillinn, is é liú bhíonn acu:
'Seo chugainn an Spailpín Fánach!'
Ach cruinneoidh mé ciall is triallfad abhaile,
Is cloífead seal le mo mháithrín,
Is go brách arís ní ghlaofar m'ainm
Sa tír seo, 'An Spailpín Fánach'.

THE SPAILPÍN FÁNACH

The Wandering Labourer

Never more will I go to Cashel
To pawn or wreck my health,
Nor back the wall at the hiring fair
Hanging 'round for the deal to be dealt –
Bigwigs of farmers on their high horses
Hiring the broad and the brawny:
Oh! It's off we must go though the journey be far;
Here's off with the *Spailpín Fánach*.

A *Spailpín Fánach* I was left
Depending on my vigour
To walk the early morning dew
Contracting three-month shivers.
No sickle in my hand to reap,
No flail, no spade I'll handle
But France's colours o'er my bed
And a pike there, too, for battle.

When in Callan with hook in hand
I'm head of all the mowing,
In *Dúilinn* 'Here's the *Spailpín*'
I hear the locals crowing;
But I'll get sense and head for home,
Spend time with mom, the darling,
And never more will I be called
By my own '*The Spailpín Fánach*'.

Mo chúig chéad slán chun dúiche m'athar,
Is chun an Oileáin ghrámhair,
Is chun buachaillí na Cúlach, os dóibh nár mhiste
In aimsir chasta an gharda.
Ach anois ó táim i mo thráill bhocht dealbh
I measc na ndúichí fáin seo,
Is é cumha mo chroí mar fuair mé an ghairm
Bheith riamh i mo Spailpín Fanach.

Is ró-bhreá is cuimhin liom mo mhuintir sealad
Thiar ag Droichead Gáile,
Faoi bha, faoi chaoire, faoi laonna geala,
Agus capaill ann le háireamh.
Ach b'é toil Chríost gur cuireadh sinn astu
Is go ndeachamar i leith ár sláinte,
Is gurb é bhris mo chroí i ngach tír dá dtagainn:
'Call here, you Spailpín Fánach'.

Dá dtagadh an Francach anall thar caladh
Is a chamtha daingean láidir,
Agus Bóic Ó Gráda chugainn abhaile
Is Tadhg bocht fial Ó Dálaigh,
Bheadh *barracks* an rí go léir dá leagan,
Is *yeomen* againn dá gcarnadh,
Clanna Gael ansin gach am á dtreascairt –
Sin cabhair ag an Spailpín Fánach.

Farewell, farewell my father's land,
Sweet Castleisland too,
To the Cordal boys who'll stand on guard
When times require them to.
But now in places foreign to me,
These regions I am thrall in,
I rue the day that I set out
To roam, a *Spailpín Fánach.*

How well I mind my people
Who at Gale Bridge once counted
Their cattle, sheep, white sucky calves,
Whose horses there were mounted;
But evicted, 'twas Christ's will,
We left, our health we hawked-in –
It breaks my heart whene'er I hear
'Call here, you *Spailpín Fánach*'.

If the French were coming o'er the sea
And their bold regiments sailing,
And the Buck O'Grady safely home
And poor, kind Tadhg O'Daly,
We'd raze the barracks of the king
And yeomen, too, we'd slaughter:
Yes! Irishmen would lay them low –
That'd help the *Spailpín Fánach.*

MISE RAIFTERÍ

Antoine Ó Reachtabhra (c. 1784–1835)

Mise Raifteirí an file,
        Lán dóchais is grá,
Le súile gan solas,
        Le ciúneas gan chrá.

Dul siar ar m'aistear
        Le solas mo chroí,
Fann agus tuirseach
        Go deireadh mo shlí.

Féach anois mé
        Is mo chúl le balla
Ag seinm cheoil
        Do phócaí folamh!

I Am Raftery

I am Raftery the poet
        Of hope and love,
With eyes without light
        Calm, untroubled.

In the light of my heart
        Retracing my way,
Worn and weary
        To the end of my days.

Look at me now,
        My back to a wall,
Playing music
        For empty pockets.

CILL AODÁIN

Antoine Ó Reachtabhra

Anois teacht an earraigh beidh an lá dul chun síneadh,
Is tar éis na Féil' Bríde ardóidh mé mo sheol,
Ó chuir mé i mo cheann é ní stopfaidh mé choíche
Go seasfaidh mé thíos i lár Chontae Mhaigh Eo.
I gClár Chlainne Mhuiris bheas mé an chéad oíche,
Is i mBalla taobh thíos de thosóchas mé ag ól,
Go Coillte Mach rachad go ndéanfad cuairt mhíosa ann
I bhfogas dhá mhíle do Bhéal an Átha Mhóir.

Ó fágaim le huacht é go n-éiríonn mo chroíse,
Mar éiríos an ghaoth nó mar scaipeas an ceo
Nuair smaoiním ar Chearra nó ar Bhalla taobh thíos de
Ar Sceathach a' Mhíle nó ar phlána Mhaigh Eo.
Cill Aodáin* an baile a bhfásann gach ní ann,
Tá sméara, sú chraobh ann is meas ar gach sórt,
Is dá mbeinnse im sheasamh i gceartlár mo dhaoine
D'imeodh an aois díom is bheinn arís óg.

———◇◇◇◇———

*Cill Aodáin: the poet's place of birth

CILL AODÁIN

Now spring is upon us, the days will be stretching,
And after The Biddy* I'll hoist up and go;
Since I've decided, there'll be no returning
Till I stand in the middle of County Mayo.
In the town of Claremorris I'll spend the first evening,
And in Balla below it the first drinks will flow,
Then to Kiltimagh travel to spend a whole month there
Barely two miles from Ballinamore.

I set down forever that my spirit rises
Like fog as it scatters, as wind starts to blow
When I'm thinking of Carra or Balla below it,
Or Scahaveela or the plain of Mayo.
Cill Aodáin the fertile, where all fruits are growing –
Blackberries, raspberries, full-fruited each one,
And if I were standing among my own people
The years they would leave me, again I'd be young.

＊ *The Biddy: Saint Brigid's Day, the first day of spring*

DÓNALL ÓG

Author unknown

A Dhónaill óig, má théir thar farraige
Beir mé féin leat, is ná déan do dhearmad;
Beidh agat féirín lá aonaigh is margaidh,
Is iníon rí Gréige mar chéile leapa agat.

Má théirse anonn tá comhartha agam ort:
Tá cúl fionn is dhá shúil ghlasa agat,
Dhá chocán déag id chúl buí bachallach,
Mar bheadh béal na bó nó rós i ngarraithe.

Is déanach aréir a labhair an gadhar ort,
Do labhair an naoscach sa chorraichín doimhin ort
Is tú id chaonaí aonair ar fud na gcoillte –
Is go rabhair gan chéile go bráth go bhfaighir mé.

Do gheallais domsa, agus d'insis bréag dom,
Go mbeifeá romhamsa ag cró na gcaorach;
Do ligeas fead agus trí chéad glaoch chugat,
Is ní bhfuaireas ann ach uan ag méiligh.

Do gheallais domhsa, ní ba dheacair duit,
Loingeas óir faoi chrann seoil airgid,
Dhá bhaile dhéag de bhailte margaidh
Is cúirt bhreá aolta cois taobh na farraige.

Do gheallais domhsa, ní nárbh fhéidir,
Go dtabharfá láimhne do chroiceann éisc dom,

DÓNALL ÓG

Dónall Óg, if you cross the ocean
Take me with you and don't forget
On fair day and market you'll have a present
And a Greek king's daughter in your bed.

But if you leave, I have your description –
Two green eyes and a fair haired poll,
A dozen plaits in your yellow ringlets
Like a cowslip or a garden rose.

Late last night, the dog announced you
And the snipe announced you in the marsh that's deep
While all alone you walked the woodlands,
May you be wifeless till you find me.

You made a promise, but a lie you told me,
That you'd be before me at the fold;
I gave a whistle and three hundred calls for you
But a bleating lamb your absence told.

You promised me, and it wasn't easy,
Silver masts and a golden fleet,
A dozen towns and all with markets
And a lime-white mansion by the sea.

You promised me and it impossible
You'd give me gloves made from skin of fish,

Do dtabharfá bróga de chroiceann éan dom,
Is culaith den tsíoda ba dhaoire in Éirinn.

A Dhónaill óig, b'fhearr duit mise agat
Ná bean uasal uaibhreach iomarcach;
Do chrúfainn bó agus do dhéanfainn cuigeann duit,
Is dá mba chruaidh é, do bhuailfinn buille leat.

Och ochón, agus ní le hocras,
Uireasa bídh, dí, ná codlata,
Faoi deara domhsa bheith tanaí trochailte,
Ach grá fir óig is é bhreoigh go follas mé.

Is moch ar maidin do chonac-sa an t-ógfhear
Ar muin chapaill ag gabháil an bóthar;
Níor dhruid sé liom is níor chuir ná stró orm,
Is ar mo chasadh abhaile dom 'sea do ghoileas mo
            dhóthain.

Nuair théimse féin go Tobar an Uaignis
Suím síos ag déanamh buartha,
Nuair chím an saol is nach bhfeicim mo bhuachaill
A raibh scáil an ómair i mbarr a ghruanna.

Siúd é an Domhnach a thugas grá duit,
An Domhnach díreach roimh Dhomhnach Cásca,
Is mise ar mo ghlúine ag léamh na Páise
'Sea bhí mo dhá shúil ag síorthabhairt an ghrá duit.

Dúirt mo mháithrín liom gan labhairt leat
Inniu ná amárach ná Dé Domhnaigh;
Is olc an tráth a thug sí rabhadh dom –
'S é dúnadh an dorais é tar éis na foghla.

You'd give me shoes made out of birdskin
And a suit made of the dearest silk.

With me, Dónall, you'd do far better
Than with a haughty lady puffed with pride,
I'd milk your cows and I'd do your churning
And I'd strike a blow for you at your side.

Oh my grief! and it isn't hunger,
Lack of food or drink or sleep
That leaves me here so thin and haggard
But from a young man's love that I am sick.

I saw the youth in the morning early
On horseback riding down the road,
But he didn't approach or entertain me,
I cried my fill as I turned for home.

When I go to the Well of Sorrows
I sit down and wail and sigh
When I see them all there but my darling
With the amber shadow on his cheekbone high.

'Twas on a Sunday my love I gave you,
The one before last Easter Day,
I on my knees as I read the Passion
But my two eyes gave my love away.

Don't speak with him', my mother warned me,
'Today, tomorrow or any day'.
A fine time, now, to give such warning,
Locking the stable when the thief's away.

Ó a dhe, a mháithrín, tabhair mé féin dó,
Is tabhair a bhfuil agat den tsaol go léir dó;
Éirigh féin ag iarraidh déirce,
Agus ná gabh siar ná aniar im éileamh.

Tá mo chroíse chomh dubh le hairne
Nó le gual dubh a bheadh i gceárta,
Nó le bonn bróige ar hallaí bána,
Is tá lionn dubh mór os cionn mo gháire.

Do bhainis soir díom is do bhainis siar díom,
Do bhainis romham is do bhainis im dhiaidh díom,
Do bhainis gealach is do bhainis grian díom,
'S is ró-mhór m'eagla gur bhainis Dia díom.

I beg you, mother, give me to him
And give him all in the world you own
Even if you have to beg for alms
But don't deny what I implore.

This heart of mine is black as sloes are,
Black as a coal is in a forge,
Or the print of a shoe in the whitest hall is,
And above my laughter, my heart is sore.

You took my east from me, you took my west,
Before and after I've lost to you,
You took the sun from me, you took the moon,
And I fear you've taken my God, too.

———◇◇◇◇◇———

AN CLÁR BOG DÉIL

Author unknown

Phósfainn tú gan bó gan punt gan áireamh spré
A chuid den tsaol, le toil do mhuintire, dá m'báil leat é
Sé mo ghalar dubh gan mé 'gus tú, a ghrá mo chléibhe
I gCaiseal Mumhan, 's gan de leaba fúinn ach a' clár
      bog déil.

Siúil a chogair is tar im' fhochair go ragham 'on ghleann
Is gheobhaidh tú foscadh ar leaba fhlocais agus aer cois
      abhann
Beidh na srutha a' gabhailt tharainn, fé ghéaga crann
Beidh an londubh 'nár bhfochair, is an chéirseach dhonn.

Searc mo chléibh do thugas fhéin duit agus grá tré rún
Dá dtagadh sé de chur sa tsaol, go mbeinn fhéin is tú
Ceangal cléire bheith eadrainn araon, leis a' bhfáinne
      dlúth
Is dá bhfeicfinn fhéinig mo ghrá ag aon fhear gheobhainn
      bás le cumha.

THE BOG-DEAL BOARD

I'd wed you, join without cow or coin or dowry too,
My own! my life! with your parents' consent if it so
        pleased you;
I'm sick at heart that we are not, you who make my
        heart to soar,
In Cashel of Munster with no bed under us but a bog-
        deal board.

Walk, my love, and come with me away to the glen,
And you'll find shelter, fresh air by the river and a flock
        bed;
Beneath the trees, beside us the streams will rush,
The blackbird we'll have for company and the brown
        song-thrush.

The love of my heart I gave you – in secret too;
Should it happen in the course of life that I and you
Have the holy bond between us and the ring that's
        true,
Then if I saw you, love, with another, I'd die of grief
        for you.

A Mhuire na nGrás

Author unknown

A Mhuire na nGrás,
A Mháthair Mhic Dé,
Go gcuire tú
Ar mo leas mé.

Go sábhála tú mé
Ar gach uile olc;
Go sábhála tú mé
Idir anam is corp.

Go sábhála tú mé
Ar muir is ar tír;
Go sábhála tú mé
Ar leic na bpian.

Garda na n-aingeal
Os mo chionn;
Dia romham,
Agus Dia liom.

MARY MOST GRACE-FULL

Mary most grace-full,
Mother of Christ,
Guard me and guide me
All of my life.

Keep me, I beg you,
From each evil rôle;
Save, I beseech you,
My body and soul.

Guard me from ocean,
On dry land as well;
Keep me, my mother,
Safe from hell.

Above me, guardian
Seraphim,
God before me,
God within.

DÍNIT AN BHRÓIN

Máirtín Ó Direáin (1910–1988)

Nochtaíodh domsa tráth
Dínit mhór an bhróin,
Ar fheiceáil dom beirt bhan
Ag siúl amach ó shlua
I bhfeisteas caointe dubh
Gan focal astu beirt:
D'imigh an dínit leo
Ón slua callánach mór.

Bhí freastalán istigh
Ó línéar ar an ród,
Fuadar faoi gach n-aon,
Gleo ann is caint ard;
Ach an bheirt a bhí ina dtost,
A shiúil amach leo féin
I bhfeisteas caointe dubh,
D'imigh an dínit leo.

THE DIGNITY OF GRIEF

Grief's great dignity
Was revealed to me once
On seeing two women
Emerging from a crowd
Dressed in black mourning
Each without a word:
Dignity left with them
From the large and noisy throng.

A tender was in
From a liner in the roads
And everyone was rushing,
There was tumult and loud talk;
But the pair who were silent,
Who walked out on their own
Dressed in black mourning
Left with dignity.

MAITH DHOM

Máirtín Ó Direáin

I m'aonar dom aréir,
I mo shuí cois mara,
An spéir ar ghannchuid néal
Is muir is tír faoi chalm,
Do chumraíocht ríonda
A scáiligh ar scáileán m'aigne
Cé loinnir deiridh mo ghrá duit
Gur shíleas bheith in éag le fada.

Ghlaos d'ainm go ceanúil
Mar ba ghnách liomsa tamall,
Is tháinig scread scáfar
Ó éan uaigneach cladaigh;
Maith dhom murarbh áil leat
Fiú do scáil dhil i m'aice,
Ach bhí an spéir ar ghannchuid néal
Is muir is tír faoi chalm.

Forgive Me

Alone last night
And sitting on the strand,
Few clouds in the sky
And sea and land were calm;
Your queenly form
Shadowed the screen of my mind,
This last flicker of my love for you
That I thought was dead a long time.

I fondly called your name
As I used to once,
And heard only the frightened screech
Of a lonely shorebird;
Forgive me if you did not wish
Even your dear shadow at my hand,
But there were few clouds in the sky
And the sea and land were calm.

SÚILE DONNA

Seán Ó Ríordáin (1916–1977)

Is léi na súile donna so
A chím a bplaosc a mic,
Ba theangmháil le háilleacht é
A súile a thuirlingt ort;

Ba theangmháil phribhléideach é
Lena meabhair is lena corp,
Is míle bliain ba ghearr leat é,
Is iad ag féachaint ort.

Na súile sin gurbh ise iad,
Is ait liom iad aige,
Is náir liom aghaidh a thabhairt uirthi,
Ó tharla sí i bhfear.

Nuair a b'ionann iad is ise dhom,
Is beag a shíleas-sa
Go bhfireannódh na súile sin
A labhradh baineann liom.

Cá bhfaighfí údar mearbhaill
Ba mheasa ná é seo?
An gcaithfeam malairt agallaimh
A chleachtadh leo anois?

Brown Eyes

These brown eyes I see are hers
Now in her son's head,
It was a thing most beautiful
That you inherited;

It was a meeting privileged
With her mind an body too,
For a thousand years would pass so swift
If they but looked at you.

Because those eyes belong to her
It's strange that he has them,
I'm ashamed to face her now because
She happened in a man.

When she and they were one to me
Little did I think
Those eyes would change to masculine
That spoke so womanly.

Where is the source of madness
That's any worse than this?
Do I have to change my dialogue
Now that they are his?

Ní hí is túisce a bhreathnaigh leo,
Ach an oiread lena mac,
Ná ní hé an duine deireanach
A chaithfidh iad dar liom.

Ab shin a bhfuil de shíoraíocht ann,
Go maireann smut dár mblas,
Trí bhaineannú is fireannú,
Ón máthair go dtí an mac?

———◇◇◇◇———

She wasn't the first to see with them
Any more than he
Nor will he be the last
Who will wear them.

Is this all there is of eternity
That something of us lives on
Becoming masculine and feminine
From the mother to the son?

———∞◇∞———

MALAIRT

Seán Ó Ríordáin

'Gaibh i leith,' arsa Turnbull, 'go bhfeice tú an brón
I súilibh an chapaill,
Dá mbeadh crúba chomh mór leo sin fútsa bheadh brón
Id shúilibh chomh maith leis.'

Agus b'fhollas gur thuig sé chomh maith sin an brón
I súilibh an chapaill,
Is gur mhachnaigh chomh cruaidh sin gur tomadh é
        fá dheoidh
In aigne an chapaill.

D'fhéachas ar an gcapall go bhfeicinn an brón
'Na shúilibh ag seasamh,
Do chonac súile Turnbull ag féachaint im threo
As cloigeann an chapaill.

D'fhéachas ar Turnbull is d'fhéachas air fá dhó
Is do chonac ar a leacain
Na súile rómhóra a bhí balbh le brón –
Súile an chapaill.

CHANGE

'Come over,' said Turnbull, 'and look at the sorrow
In the horse's eyes.
If you had hooves like those under you,
There would be sorrow in your eyes.'

And 'twas plain that he knew the sorrow so well
In the horse's eyes,
And he wondered so deeply that he dived in the end
Into the horse's mind.

I looked at the horse then that I might see
The sorrow in his eyes,
And Turnbull's eyes were looking at me
From the horse's mind.

I looked at Turnbull and looked once again
And there in Turnbull's head –
Not Turnbull's eyes, but, dumb with grief,
Were the horse's eyes instead.

OÍCHE NOLLAG

Máire Mhac an tSaoi (1922–2021)

Le coinnle na n-aingeal tá an spéir amuigh breactha,
Tá fiacail an tseaca sa ghaoith ón gcnoc,
Adaigh an tine is téir chun na leapan,
Luífidh Mac Dé ins an tigh seo anocht.

Fágaidh an doras ar leathadh ina coinne,
An mhaighdean a thiocfaidh is a naí ar a hucht,
Deonaigh do shuaimhneas a ligint, a Mhuire,
Luíodh Mac Dé ins an tigh seo anocht.

Bhí soilse ar lasadh i dtigh sin na haíochta,
Cóiriú gan caoile, bia agus deoch,
Do cheannaithe olla, do cheannaithe síoda,
Ach luífidh Mac Dé ins an tigh seo anocht.

CHRISTMAS EVE

With candles of angels the sky is now dappled,
The frost on the wind from the hills has a bite,
Kindle the fire and go to your slumber,
Jesus will lie in this household tonight.

Leave all the doors wide open before her,
The Virgin who'll come with the child on her breast,
Grant that you'll stop here tonight, Holy Mary,
That Jesus a while in this household may rest.

The lights were all lighting in that little hostel,
There were generous servings of victuals and wine
For merchants of silk, for merchants of woollens
But Jesus will lie in this household tonight.

GÉIBHEANN

Caitlín Maude (1941–1982)

Ainmhí mé

ainmhí allta
as na teochreasa
      a bhfuil cliú agus cáil
      ar mo scéimh

chroithfinn crainnte na coille
tráth
le mo gháir

ach anois
luím síos
agus breathnaím trí leathshúil
ar an gcrann aonraic sin thall

tagann na céadta daoine
chuile lá

a dhéanfadh rud ar bith
dom
ach mé a ligean amach.

CAPTIVITY

I am an animal

a wild animal
from the tropics
　　　famous
　　　for my beauty

I would shake the trees of the forest
once
with my cry

but now
I lie down
and observe with one eye
the lone tree yonder

people come in hundreds
every day

who would do anything
for me
but set me free.

Amhrán Grá Vietnam

Caitlín Maude

Dúirt siad go raibh muid gan náir
ag ceiliúr ár ngrá
agus an scrios seo inár dtimpeall

an seabhac ag guairdeall san aer
ag feitheamh le boladh an bháis

dúirt siad gurbh iad seo ár muintir féin
gurbh í seo sochraide ár muintire
gur chóir dúinn bheith sollúnta féin
bíodh nach raibh brónach

ach muidne
tá muid 'nós na haimsire
        go háirid an ghrian
ní thugann muid mórán aird'
ar imeachtaí na háite seo feasta

lobhann gach rud le teas na gréine
thar an mbás

agus ní muidne a mharaigh iad
ach sibhse

d'fhéadfadh muid fanacht ar pháirc an áir

VIETNAM LOVE SONG

They said we were shameless
celebrating our love
with devastation all around us

the hawk hovering in the air
awaiting the stench of death

they said that these were our own
that this was the funeral of our own people
that we should at least be solemn
even if we were not mourning

but we
we are like the weather
       especially the sun
we don't pay much attention
to these happenings any longer

everything decays in the heat of the sun
after death

and it wasn't we who killed them
but you

we could have stayed on the field of slaughter

ach chuir aighthe brónacha na saighdiúirí
ag gáirí sinn
agus thogh muid áit bhog cois abhann

but the sad faces of the soldiers
made us laugh
and we chose a soft spot by the river

———∞◇∞———

AIMHRÉIDH

Caitlín Maude

Siúil, a ghrá,
cois trá anocht –
siúil agus cuir uait
na deora –
éirigh agus siúil anocht

ná feac do ghlúin feasta
ag uaigh sin an tsléibhe
tá na blátha sin feoite
agus tá mo chnámhasa dreoite ...

(Labhraim leat anocht
ó íochtar mara –
labhraim leat gach oíche
ó íochtar mara ...)

shiúileas lá cois trá –
shiúileas go híochtar trá –
rinne tonn súgradh le tonn –
ligh an cúr bán mo chosa –
d'ardaíos mo shúil go mall
'gus ansiúd amuigh ar an domhain
in aimhréidh cúir agus toinne
chonaic an t-uaigneas i do shiúil
'gus an doilíos i do ghnúis

ENTANGLEMENT

Walk, my love,
by the strand tonight –
walk, and away
with tears –
arise and walk tonight

      henceforth never bend your knee
      at that mountain grave
those flowers have withered
and my bones decayed ...

      (I speak to you tonight
      from the bottom of the sea –
      I speak to you each night
      from the bottom of the sea ...)

once I walked on the strand –
I walked to the tide's edge –
wave played with wave –
the white foam licked my feet –
I slowly raised my eye
and there far out on the deep
in the tangle of foam and wave
I saw the loneliness in your eye
the sorrow in your face

shiúileas amach ar an domhain
ó ghlúin go com
agus ó chom go guaille
nó gur slogadh mé
sa doilíos 'gus san uaigneas

I walked out on the deep
from knee to waist
and from waist to shoulder
until I was swallowed
in sorrow and loneliness

———◦◦◇◦◦———

IMPÍ

Caitlín Maude

A ógánaigh,
ná tar i mo dháil,
ná labhair ...
is binn iad
briathra grá –
is binne aríst
an friotal
nár dúradh ariamh –
níl breith
gan smál –
breith briathar
amhlaidh atá
is ní bheadh ann
ach 'rogha an dá dhíogh'
ó tharla
an scéal mar 'tá ...

ná bris
an gloine ghlan
tá eadrainn
        (ní bristear gloine
        gan fuil is pian)
óir tá Neamh
nó Ifreann thall
'gus cén mhaith Neamh

ENTREATY

Young man,
do not come near me,
do not speak ...
the words of love
are sweet –
but sweeter still
is the word
that was never uttered –
no choice
is without stain –
the choice of words
is much the same
and this would be
to choose between evils
in our present
situation ...

Do not break
the clear glass
between us
      (no glass is broken
      without blood and pain)
for beyond is Heaven
or beyond is Hell
and what good is Heaven

mura mairfidh sé
go bráth? –
ní Ifreann
go hIfreann
iar-Neimhe ...

impím aríst,
ná labhair,
a ógánaigh,
a 'Dhiarmaid',
is beidh muid
suaimhneach –
an tuiscint do-theangmhaithe
eadrainn
gan gair againn
drannadh leis
le saol na saol
is é dár mealladh
de shíor –
ach impím ...
ná labhair ...

if it is not
for ever? –
the loss of Heaven
is the worst Hell ...

I implore you again
do not speak,
young man,
my 'Diarmaid',
and we will be at peace –
untouchable understanding
between us
we will have no cause
to touch it
ever
as it ever
allures us –
but I implore you ...
do not speak ...

DÁN DO ROSEMARY

Mícheál Ó hAirtnéide (1941–1999)

As an saol lofa seo
gabhaim leat leithscéal:
as an easpa airgid atá
ár síorsheilg thar pháirc
ár bpósta mar Fhionn
gan trua gan chion
ag bagairt ar do shacs-chroí bog ceanúil.
Gabhaim leat leithscéal
as an teach cloch-chlaonta
as fallaí de chré is de dheora déanta –
do dheora boga:
an clog leat ag cogarnach
ag insint bréag,
an teallach ag titim as a chéile.
Téim chugat ar mo leithscéal féin:
m'anam tuathalach, m'aigne i gcéin,
an aois i ngar dom, le dán i ngleic,
i mo gheocach sa tábhairne ag ól is ag reic.
Thréig mé an Béarla
ach leatsa níor thug mé cúl:
caithfidh mé mo cheird
a ghearradh as coill úr:
mar tá mo gharrán Béarla
crann-nochta seasc:
ach tá súil agam go bhfuil

Poem For Rosemary

For this rotten world
I apologise to you:
for the lack of money
that's ever haunting the field
of our marriage like Fionn
without pity, without love
threatening your gentle Saxon heart.
I apologise to you
for this sloping homestead,
for walls of earth and grieving made –
your soft tears:
the clock whispering,
telling lies,
the hearth falling asunder.
I come to you with my alibis:
my awkward soul, my dreaming mind.
While age beckons with poems I'm fighting,
a mummer in the pub, drinking, reciting.
I abandoned English
but never you:
I have to hone my craft
in a wood that's new
for my English grove
is naked, barren
but I hope your day

lá do shonais ag teacht.
Cuirfidh mé síoda do mhianta ort lá
Aimseoimid beirt ár Meirceá.

of happiness is coming.
You'll have the silk of your heart one day.
We'll find us both our America.

———⬦⬦⬦———

AN PHURGÓID

do Arthur agus Vera Ward

Mícheál Ó hAirtnéide

Faic filíochta níor scríobh mé le fada
gé go dtagann na línte mar théada damháin alla –
prislíní Samhna ag foluain trí gharrán:
an scuaine meafar ag tuirling orm,
na seansiombailí – 'an spéir atá gorm,
póg agus fuiseog agus tuar ceatha' –
ábhar dáin, a bhás is a bheatha.

Anois ó táim im thiarna talún
ar orlach inchinne, ní dheinim botún
ach cuirim as seilbh na samhla leamha –
na hinseacha meirgeacha, na rachtanna lofa,
cabáil is tagairt is iad go tiubh mar screamha
ar an aigne bán, ar an anam folamh.
Sea, tagann an tinfeadh, ach níl mé sásta –
clagairt poigheachán seilide atá fágtha
is carn crotail ciaróg marbh é, an dán millte le baothráiteas
tá ag sú na fola as ealáin ársa
mar sciortán ar mhagairle madra.

Caithfidh mé mo chaint a ghlanadh is a fheannadh
nó gan phurgóid titfidh trompheannaid –
Ní bheidh i ndán ach gaoth is glicbhéarla
is caillfidh mé mo theanga daonna.

THE PURGE

for Arthur and Vera Ward

Hartnett, the poet, might as well be dead,
though the lines come like spiders' thread
and November dribbles through the groves
and metaphors descend on him in droves:
the blood-sucked symbols – the sky so blue,
the lark, the kiss, and the rainbow too.
The makings of poetry - its life and death too .

The monarch now of an inch of vision,
I'll not fall down for indecision
but banish for now and forever after
the rusty hinges, the rotten rafters,
the symbols, the cant, the high allusion
that reduce the white mind to confusion.
Inspiration comes and the poet is left
with the empty rattle of discarded shells,
the husks of beetles piled up dead –
his poem spoiled by stupid talk
that sucks the blood of an ancient craft
like a bloated tick on a mongrel's balls.

I must purge my thought and flay my diction
or else suffer that fierce affliction –
my poems only wind and bombast
having lost their human language.

Aoibhinn damhsa ógfhile i measc na leabhar
ach is suarach rince seanfhile balbh bodhar –
an geocach i mbrat tincéara,
an cág a ghoidfeadh bréagfháinne,
an chathaoir bhacach i siopa siúinéara,
is béal gearbach striapach na sráide.
Mairg don té dhein an chéad chomparáid
idir an t-éan agus fear cumtha dán:
do thug sé masla do chlúmh is táir –
go dtite cac Éigipteach ó thóin fáinleoige air.

Aoibhinn don ghearrach cantaireacht is foghlaim
ach is ceap magaidh an rí rua 's é ag aithris ar riabhóigín:
féachaigí ar ár n-éanlann dúchasach,
gach cás le clúmh is fuílleach clúdaithe,
na neadacha déanta de bhruscar na haoise
is éanlaithe ann ag cur cleití go bhfreasúra.
Tá fáilte ag cách roimh sor an chlú ann
ach cailltear na seanóirí is iad aineolach
is gan acu ach deasca is dríodar.
Lasmuigh den leabharlann stadann an rince
is tréigeann siad neadacha an ghlórghránna
le hanamacha folamha, le haigní bána.

Éist aríst leis – clagairt cloiginn mo sheanmháthar
ar an staighre: cliotaráil easna m'uncail
im phóca (an siansa cnámh so) –
béic an tSagairt is scréach an Bhráthar –
an t-anam goilliúnach i súilibh m'athar:
laethanta m'óige (an cogar glórghránna).
Mórshiúl dorcha mo ghaolta am leanúint,

Pleasant the young poet's dance with books
but the old poet's advance should be rebuffed –
the mummer in the tinker's shawl,
the garrulous brass-thief, the jackdaw,
the beat-up chair at the carpenter's,
and the scabby mouths of idle whores.
Bad cess to him who first compared
the poet's rhymes to the singing bird –
he insulted plumage, he insulted verse.
May Egypt shit him from a swallow's arse.

The fledgeling's sweet, but it's insipid
to hear the chaffinch act the meadow-pipit.
Look at all our native birds
in stinking cages dung-floored;
their nests, the cast-offs of the age
where the birds moult in frightful rage.
They court and welcome the louse of fame
and, dying old, they die in vain:
ignorant, with nothing left
but dregs and leavings. Outside the nest
the dance is stopped, the din consigned
to empty souls, to vacant minds.

My uncle's ribs are clattering
in my pocket; and hear again –
on the stairs the cacophony
of granny's skull (this symphony
of bones) – Priests' and Brothers' cries –
the wounded soul in my father's eyes:
the course whisper of my youth.
My ancestors march in dark pursuit

Uncail Urghráin agus Aintín Ainnis:
adhraim iad go léir is a seanchuilteanna
mar bhíonn ar fhile bheith dílís dá fhoinse.
Caitheann sé muince fiacal a mháthar
is ceanglann sé leabhair le craiceann a dhearthár –
cruthantóir seithí, adhlacóir is súdaire.
Is peannaid shíoraí an oscailt uaigh seo –
bíonn na filí sa reilig gach uair a' chloig
ag troid ar son cnámh le rámhainn is sluasaid –
duine is snas á chur ar phlaitín a dheirféar aige
duine len bhroinn a rug é a' scríobadh cruimh aisti.
Gach dán ina liodán, marbhna nó caoineadh
is boladh na nglún fuafar ag teacht ó gach líne
is timpeall muiníl gach file, lán d'iarsmaí seirge,
tá taise a athar, a chadairne chóirithe.

Níl sa stair ach roghadhán Ama
tá na céadta dán ann ach tá an t-eagarthóir ceannaithe,
fualán rí nó giolla aigne ghamail –
níl stair ag éinne ach an fear tá smachtaithe,
í ina cruit ar a dhruim aige, fáth a bheatha –
is labhrann sé gach lá le daoine go bhfuil cáil orthu.
Nach iontach an rud é bualadh le Plato
nó ól sa tábhairne le Emmet, an créatúr?
nó bheith go minic le Críost ag plé ruda?
Nach iontach crá sólásach an údair
is é ag smaoineamh ar bhás na milliún Giúdach?
Is í ar gcruitne is ár mbunábhar
is ungadh ár n-anam is ár n-aigne mbán í –
ár n-aigne a smaoiníonn ina bochtanas
ar chiúnas, ar chamadh is ar choirp mharbha.

Uncle Hate and Auntie Guilt,
I adore you both and your ancient quilts:
a poet must be true to his sources.
He wears a necklace of his mother's teeth;
with his brother's skin, his book's bound neat;
he's a curer of skins, a burier of corpses.
An eternal penance, this opening of graves –
the poets in the graveyards always with spades
and shovels fighting over bones –
one shines his sister's kneecap's dome,
one scrapes maggots from his mother's womb.
Each poem an elegy, a litany, or lament;
each line morbid with the hideous dead;
and hung around each poet's neck
are the tanned relics of his father's scrotum.

History is only selected Time –
there are poems a-plenty, but the editor's bribed,
the king's lackey with the fool's mind.
History is only for the man displaced –
it's the hump on his back, his *raison d'être* –
he converses daily with the great.
Isn't it grand to meet with Plato
or drink in the pub with Emmet, the craythur;
or often with Christ to discuss your views
('tis a great solace to an author
when he thinks of the death of a million Jews.)
Oh, 'tis our hump and our very substance,
our healing and our holy ointment:
our minds think only (being so impoverished)
of quietness, and crookedness, and corpses.

Níl sa stair ach ceirín neascóide
ag tarraingt an bhrachaidh is réama an éadóchais
ag draoibeáil ár n-aigne bán le téamaí,
ag glaoch orainn ón dorchadas don chéilí
chun guairneáin, chun luascadh, chun éaló
ar ais don chúinne le aigne aonair –
is meathann na hairdfhir, Críost is Plato
is fágtar an file is a anam folamh
chomh huaigneach le cailís faoi thalamh.

Mar fhionnadh luiche i mbéal cait
          nó téachtán fola ag lorg cinn
bíonn na bánmhiotais ag siúl
          i bhféithe na bhfilí gcríon:
Icarus, Meadhbh is Críost –
          sea, an Críost a d'éag
chun na miotas ón domhan a scuabadh –
          anois is miotas é féin.
Níl iontu ach gearba an eolais is cancairí sa ghabhal:
súmairí an anama iad, ag sú go teann.
Nuair is tuirseach sinn is scanraithe
          is nuair éagann an fhilíocht
cuirimid na taibhsí bána i dtalamh dóite an ghairdín.

Is é ár mbaothchreideamh go bhfuil siad beo –
na mairbh atá marbh is beidh go deo.
Zéus agus Vénus, finscéalta ón scoil scairte,
líonann siad ár mbolg is múchann siad an tart ann
is an dánocras: ithimid ar ár dtoil
is ligimid brúcht asainn a chloistear san ollscoil.
Bíonn Márs is a sciath aige á spreagadh is ag gáire
(seansaighdiúirí is an tír féna smacht acu
spreagann siad an t-aos óg chun troda is catha).

History is a mere poultice
drawing pus from the hopeless:
it stains the white mind with its themes;
it entices the dark to the *céilí*
to spin, to swing, to escape again
back to the corner with lonely mind.
And greatness palls with Christ and Plato
and the poet is left with his empty soul
like a chalice lonely beneath the soil.

Like mousefur in a cat's mouth
      or a bloodclot seeking a brain,
the white myths are stalking
      the old poets' veins:
Icarus, Meadhbh and Christ –
      yes, the Christ who died
to free the world of mythologies
      is himself mythologised.
These are scabs of knowledge, and cankers in the groin,
the leeches of the soul sucking strong.
When we're tired and frightened
      and when poetry dies
we plant the white ghosts in the scorched garden.

We believe that they're alive –
the dead forever dead, except in our silly minds.
Zeus and Venus, fables from the hedge
schools, fill us and take the edge
from thirst and poem-hunger: we're now well fed
and the university listens to our belch.
Mars with his shield incites, amused,
when the land of old soldiers is badly ruled
and aflame with discontented youth.

Slán leis an áilleagán, an tseoid is an bréagán,
slán le Ióbh, le Gráinne is le Daedalus,
le maidí croise is giobail tá ag crochadh sa séipéal
mar shlánadh caorach ar thor tobair naofa.

Ní file go máistir focal, ní file go ceird
ní file go hoiliúint, ní file go fios dán –
gach dán atá ar domhan, a dhéanamh is a cheolsan,
ach seachain na bratacha is clog lobhair an eolais,
seachain bheith id shaoithín is id leabhar beo:
ní file go fios datha, fios deilbhe is ceoil.
Ach ní thig leat dath a scríobh, ná siolla eibhir
a bhreacadh síos – sin gníomh file daibhir.
File a phléann fiúg, cuireann sé gaoth le gaoith
is deineann praiseach is prácas as obair na saoithe
ach nuair is bán sinn is folamh de ló nó istoíche
alpaimid leigheas na foghlama siar chun faoisimh
is tuislímid go sonasach go dtí an carn crotal
ag carbhas go socair i dtábhairne an tsotail –
ach ní beacha sinn tá lán t'réis taisteal círe
ach puchaí atá breoite t'réis foracan géarfhíona.

Ar a ghogaí orm istoíche bíonn an Traidisiún.
Seanrud é is ocrach, lán d'ailpeanna luachra
ag béiceadh 'ógláchas! aicill!' agus 'uaim!'
is gráscar file ag freastal air, ag sá ina bhundún
na mílte méadair leamha, na céadta seantiúin.
Ach: is ionann an mhuc is a máistir
is fé bhrat an t-soir is an t-salachair
tá cnis nach bhfuil uaithi óglachas
ná lón lofa an ghráscair.
Ní córas é tá seargtha, ach cnuasach á athrú

Goodbye to frippery, to jewellery, the toy;
to Jove and Gráinne and Daedalus, goodbye;
to churches hung with miracles
like sheep's afterbirth by Holy Wells.

A poet must master words, must learn his trade;
must be schooled in poetry, know how poems are made:
every poem in the world, its song and make.
Avoid labels and lepers' bells,
avoid the pedant pedagogical:
no poet is without colour, without stone, without chord.
But colour and granite won't yield to words,
the impoverished poet's syllables.
The poet's fugues add wind to wind
and wreck the work of greater men,
but white and empty, day and night,
we dose ourselves with others' thought
and stumble blithely to the heap of husks
and carouse safely in the pub –
we're no bees replete in the hive
but drunken wasps in the height of horrors
from sucking too much vinegar.

And always at night antique Tradition,
lizard-infested, screams its mission:
'assonance! alliteration!' and 'free verse!';
its retinue of poets shove up its arse
their ancient airs and metaphors.
But the pig is as its master
and, though the sheet be loused, dirt-plastered,
the skin beneath doesn't need
the rowdy rabble's rotten feed.
It's not a static system, but an accumulating change

nach n-aithníonn a shagairt (déircigh an chlú)
a chaitheann dánta is daoine isteach ina chraos
is é ag bramadh go cumhra friotal tríd an aer –
túis atá taitneamhach ag a bhaothchléir.
Sea, is baoth na gleannta féin, is leamhársa a bpaitinn:
seachain na fallaí briste, ná héist le haicill aitinn.
Seachain é, an Traidisiún tá bréagach
nó beidh do chnis lán de léasaibh:
ceilfidh sé an file is loitfidh sé a bhéarsaí
is beidh im úr bhur ndántaibh
caillte faoi ghéarshubh airne.

Mise uaigh an dóchais is reilig na fírinne,
diúgaire cáile is alpaire fuílligh.
Ní dheisfidh córas na n-ard braon anuas mo chroíse
ná an poll im anam mar a shileann ann maoithneachas.
Athchruthaím mé féin le cluasa Plato,
le srón Freud, le hordóg Hegel,
fiacla Bergson is croiméal Nietzsche:
na baill a thugann don leathchorp íce.
Tá Buddha plódaithe isteach sa slua ionam,
tá teagasc críonna sean-Lao Tzu ionam:
tinneas goile im anam atá arn chrá
is pléasctar mo chorp ina fhearthainn bhláth.
Titim síos le mórchith file –
agus bláthanna gan chumhra iad uile –
le ceannbháin Kant is aiteal Aristotle,
sáiste Schopenhauer: na fealsaimh is a sotal.
I measc na ngas is na ngéag ina gcoillte
bím mar leanbh ar strae i bpáirc iománaíochta:
cloisim an gháir mholta ón slua ann
ach ní fheicim ach na mílte cóta móra.

that its priests don't recognise (those beggars of fame)
who stuff its maw with people
and poems till the creature
farts phrases fragrant to the sky –
an incense they find agreeable, if high!
Avoid the silliness of glens and their decaying placenames;
avoid the broken walls, the gorse's assonance.
Shun that sham, Tradition,
or 'twill welt your skin's condition;
it will smother the poet's vision
till the butter of your songs
is lost in bitter sloe-jam.

I am the grave of hope and the tomb of truth,
swiller of fame, gulper of residues.
The systems of great men will never mend
my heart's drop-down, the leak of sentiment.
I construct myself with Plato's ears,
Hegel's thumb, Freud's beard,
Nietzsche's 'tache and Bergson's teeth
to make my body whole, complete.
I add Buddha to the crush
and Lao Tsu's teachings are a must:
but a pain in my belly upsets my powers
and my body explodes in a rain of flowers,
and down I come with a shower of poets –
oh, they're some flowers, these perfumed oafs
with juniper of Aristotle, bogcotton of Kant,
sage of Schopenhauer, arrogant.
Here in a wood among stem and branch
like a child lost at a hurling match,
I hear the cheering of lusty throats
and see only a thousand coats.

Mise Frankenstein agus a chréatúr
de bhaill is fuílleach is seile déanta.

An file ag caint le Dia – an seanscéal san,
an 'mar dhea' ársa, níl a leithéid ann:
ní chreideann aon fhile i nDia ná i nDéithe
gé go gcreideann sé sna naoi mbéithe.
Nuair a éagann sé, éagann a dhia leis,
is éagann ailse, galar ae agus croí leis:
éagann a inchinn is a mhagairlí leis
is éagann eagla roimh an neamhní leis:
éagann an chuilt chlúmhghé sa spéir thuas –
gach fear ina Chríost is an crann réidh dó.
Do Dhia ariamh file níor labhair
gé anamchara Críost é is é as a mheabhar.
Siúlann sé faoi spéir is tagann áthas iontach –
triallann sé go tobair chun comhrá le Bríd ann,
ag lorg a grásta is tinfeadh a póige:
ní file ansin ach ambasadóir é.
Tréigeann sé tír agus tréigeann sé dánta –
cosúil leis an uair do bhí aigne bhán agam
is dheineas iarracht ar chaint leis an Dúileamh
is do chaith na réalta seile i mo shúilibh.

An meafar, máthair na filíochta,
fál an fhile, tiarna na samhlaíochta –
an té a bhraitheann an domhan gan meafar
éagann sé roimh aois a tríocha.
Éist go cruinn leis an méid atá ráite agam –
táim in aois a daichead is seacht gcat báite agam.
Chonaic mé a súile céasta
a bhfiacla feargacha mar réalt tar éis pléascadh.
Ar mo láimh bhí bráisléid fola

Oh, I am Frankenstein and his creature
made of spittle, and bits and pieces.

The old story – the poet and God
conversing together – that's all wrong.
There is no poetic pantheon
though the nine muses keep him going.
When he dies, his god dies with him,
and cancer-, and liver-, and heart-condition:
the poet's mind and balls die with him,
and fear of the void dies also with him:
the goosedown quilts fade in the air –
each man is Christ and his cross waits there.
No poet ever spoke to God
though he turns to Christ when he goes mad.
He walks under heaven like a simple eejit
and goes to the well to talk to Bridget.
Courting her grace, and seeking to kiss her, he
is no poet but an emissary.
He abandons country, he abandons rhymes,
as when I myself had a white mind;
and God can't blame me, because I tried
and the stars rained spittle in my eyes.

Poet-protector, poet-mother
lord of symbols, the metaphor.
A world without metaphor is a world dirty:
who sees it thus, dies at thirty.
Listen well to what I set down –
I'm forty years, I've seven cats drowned.
I have seen their tortured eyes,
their manic teeth like stars gone wild.
They clawed a bracelet on my hand

is tháinig bolgáin ón éag san fholcadáin.
Do thumas isteach i luaith tí an tsúbhachais
is bhí fiacla na gcat dubh ón súiche.
A mheafair, a mháthair, beidh mise id athair:
bí liom le solas is nimh linbh ata.
Ceansóidh mé thú ach beidh mise id chapall,
beidh an srian agam ach beidh tusa id mharcach.
Téann na meafair ar fara le faontuirse
is méadaíonn an diuáin féna chosa
gnáthfhara, gnáthmheafair, gnáthfhile:
ní hionadh go bhfuil na préacháin ar mire
ag stracadh na gcrann, ag bualadh ina gcoinne –
táimid go léir ag lorg meafar,
lán d'ablach, ag cágaíl is ag tafann –
tá cór díobh ag canadh mo ráitis-se:
'daichead bliain is seacht gcat báite agam'.

Do b'olc é an domhan gan ach dán ann,
do bheadh an bith chomh nocht le fásach:
gan ach eala, lile is rós ann –
ba bhocht iad ár *fauna* is ár *flora*.
Ní bheadh ann ach luisne ildathach,
suairc agus duairc, abhac is fathach.
Má cheiliúrann file an domhan is a anam
is gach atá iontach is annamh
cá bhfuil trácht ar an bpilibín eitre?
Cá bhfuil nead an ghabha uisce?
Mura mbeadh ann ach filiméala,
camhaoir ar maidin is luí na gréine
ní bheadh againn ach domhan bréagach.
Sinne ne leaids a adhrann saoirse
nach bhfuil uainn ach moladh na ndaoine:
sinne na leaids a phulcann na géanna

as death bubbled in the bath.
I dived to the ash of a likely pub
and the cats' teeth became black from soot.
Metaphor, mother, I'll be your sire:
give me your poison, give me your light.
I'll break you in, but I'll be your horse;
I'll hold the reins, but you'll be the jock.
Tired metaphors go to roost
and the dung piles up beneath their toes,
same old roost, same old symbol, same old poet:
no wonder the crows are all insane
stripping the trees and banging against them –
for metaphors now we're madly searching,
full of carrion: cackling and barking –
the crow-choir echoes what I set down:
'forty years and seven cats drowned.'

Imagine a world with nothing but poems,
desert-naked and bare-boned:
with nothing but swans and lilies and roses
such a meagre fauna and flora.
All the foliage in technicolour,
dwarf and giant, joy and squalor.
If poets celebrate the world's soul
and the rare and wonderful they extol,
where's the mention of the plover?
Where's the nest of the water dipper?
If no bird sang but philomel,
and nothing was but sunrise, sunset,
the world we live in would be hell.
We're the boys who adore freedom
wanting only the praise of people:
we're the boys who fatten geese

le coirce dreoite chun ramhrú a n-aenna.
Sea, chailleamar an toghchán ar son ár bpáirtí
is caithimidne éadaí dhein fear nach ceardaí.
Sinne na mangairí a dhíolann cadás in ionad síoda,
sinne do cheap an domhan tá lán de dhreoilíní.

Níl san fhile ach dánta i gcnuasach –
tá gach a raibh ann de idir dhá chlúdach:
is iad a dhánta a fhíorleac –
níl fágtha ach finscéal is tagairt sheasc.
Níl againn ach fios mar lón anama
is ní iarrann an Bás uainn tada
ach sinn féin amháin agus méid ár bhfeasa.
Caitheann an fear cróga eolas uaidh go flúirseach
nó éiríonn sé faitíosach, uaigneach
is titeann na soip do ghoid sé ó dhaoine
is tagann an braon isteach tríd an díon air
is ní folamh ansin an t-anam rólíonta
is cruann an tuí is múchtar na soilse
is ní bán é anois an aigne bhí riamh bán.
Bás a fháil gan eolas atá pearsanta
fíordhorchadas is ifreann ceart é:
eolas aonda a thabhairt don domhan
sin an t-aon síoraíocht atá ann.
Bás cáig, sin bás gan aon agó,
nead a loitear in anfa an fhómhair.

Níl sa ráiteas ach dán gan bhod –
ceiliúr nó sluaghairm – sin a chualamar.
Iomann don oifigeach mhustrach í –
fadó, ba Róisín Dubh ár dtír,
inniu ina taoiseach nó ina heasóg le púicín

to swell their livers for our feast.
We lost the election for our party,
the rags we wear make tailors narky.
We promise you silk and we give you cotton,
we fill the world with wrens from top to bottom.

The poet is only his collected verse,
and all he was is contained in books:
His poetry is his true memorial –
other than that, mere fables and stories.
Our viaticum is knowledge
and death wants nothing from us
but ourselves and our knowledge.
The brave man spends knowledge freely
or else grows frightened, growing lonely;
and the straws fall that he stole from others –
his roof leaks on him. He shudders:
his bloated soul no more will hunger
and his once white mind is white no longer
and the thatch hardens, and the lights are smothered.
To die without knowledge of yourself
is the worst darkness, the worst hell:
to bequeath your truth to humanity
is the only immortality.
A jackdaw's death is a death, without question –
a nest torn down by the storms of autumn.

Statement is castrated verse –
a cry, a slogan – so we've heard:
the hymn of the pompous clerk.
Once our country was *Róisín Dubh*:
today it's a warlord, a stoat with a hood,

nó trá gainmheach le héan lán d'íle.
Sluaghairm tá uaithi anois is ní hiad dánta
ná amhráin ach an oiread, ach baothráiteas.
Is ceart don fhile bheith tréatúrach ina dhántaibh
ach bheith ina laoch is gunna ina láimh aige.
Ní fiú broim an dán sa charcar,
ní dhingfidh sé clogad, ní stopfaidh sé urchar:
ní chothóidh sé éinne in am torthaí lofa,
ní bia sa chorcán é don chlann sa ghorta.
Go raibh gorta is cogadh ar na staraithe go deo,
go raibh na dánta tírghrácha ag an bpopstar ghlórach.
Níl tír ag file ach amháin an Ceart,
níl muintir aige ach ualach taibhreamh.
Is féidir leis mealladh is múscailt is cáineadh
le focail nach fiú cannaí stáin leis.
Go léime buataisí ar an gcloigeann
a dhéanann dearmad ar chontúirt na hintuigse

Nach ait é an créatúr an duine daonna
a chreideann i ndia is i ndiabhal le chéile,
a bhíonn ag gabháil le cogar cianach rúnda:
'bás agus beatha agus grá agus fuath'.
Do dhún na blianta mogaill ár súl
is 'tagann catha', is 'buíochas le Dia' uainn
is múineann dream na heaglaise umhlaíocht dúinn –
'an cogadh cóir' a sheanmóin, is an grá!
Do cheapadar an deoch suain is éifeachtaí atá –
an Uilíoch nó uile-íoc ár bpian.
Do dhein an Uilíoch naíonáin dínn,
do dhein sé steancán as ár litríocht,
do dhein sé paidir as seandán camhaoire
is leanaimid go meata é le binnscríbhinn –
ag síorlorg dide na clochaoise.

a sandy beach with an oil-soaked bird.
Of slogans now you can take your pick –
not poems or songs but rhetoric.
Where verse is treacherous, 'tis fitting and right
for the poet to turn fighter with an armalite.
A poem in prison isn't worth a fart –
won't dent a helmet, won't stop a shot:
won't feed a soul when the harvest rots,
won't put food in hungry pots.
Famine and war to all historians!
May popstars roar our ballads glorious!
Justice is the poet's land:
He has no family but a load
of dreams to sting, and coax, and goad
with words as worthless as tin cans.
May heavy boots stomp on the head
that forgets the danger of being understood.

Your human being is a funny bloke
believing in god and the devil both;
secretly whispering early and late:
'life and death, and love and hate'.
Long years have closed our eyes,
'war will come' and 'thank God' we cry
the clergy have taught us to be shy
preaching 'the just war' and 'love!'
Oh, they doped us with their drug –
their Universal God Above.
The Universal made us infantile,
cut our literature down to size
and pagan dawnsong is Christianised.
Like cowards we follow with our sweet scribble
always in search of a stone-age nipple.

Tiocfaidh cogadh mar creidimid i gcogadh fós:
is sólás iontach é an cogadh a bheith romhainn –
is é ár rogha dide é, an cogadh dána:
mar is Uilíoch é, gnáthrud gránna.

Cuir im ar m'arán, im na cáile,
is subh éachtach déanta as fuil mo chairde.
Is annamh an rud é file atá macánta,
slíocann sé an searrach a mholann a dhánta
is sánn an t-ainmhí fiacal i gcroí a láimhe.
An cine, an mhuintir agus an treabh –
moltar is cáintear iad mar is ceart,
ach níl cara daonna sa pharlús scáfar
ach amháin braitlíní mar thaiséadaí bána
mar bhrat ar arrachtach nó ar thábla.
Is féidir le file a shaol a líonadh
le clann, le cairde is le dea-dhaoine
ach níl réiteach a cheiste móire ag éinne acu:
muna bhfuil gá le filíocht cén fáth go bhfuil filí ann?
Aonarach is tréadúil, ar a chiall nó as a mheabhair
caite ó chothú na cuaiche ina cheann:
saineolaí formaid ag mealladh go teann
gach drochmheas is fonóid atá ar domhan:
ag tairiscint bronntanas is bróid i measc na sluaite
le hais na dtaiséadach is an troscán olc-iontach
i bparlús a chloiginn ag gol is ag caoineadh –
gan chara aige, gan treabh, gan mhuintir.

Is francach í an fhilíocht gafa idir fhiacla,
fiacla na tagartha, fiacla na haidiachta.
Is nimhneach iad araon, go háirithe an aidiacht
bhinnghlórach: bíonn smólaigh Mumhan ag screadaíl
amhrán mar chac gabhair ar dhruma.

War will come for we believe in war:
it's a great consolation to know this for sure –
it's our choice of nipple, this barefaced warring:
it's Universal, common, ordinary.

Butter my hand with reputation,
spread the terrible jam of my friends' ruination.
'Tis seldom you see a poet honest:
he strokes the foal that praises his sonnets –
that brute would bite – keep your hand far from it.
The tribe, the people, and the race
are rightly blamed and rightly praised;
but there's no friend in that spooky parlour –
just sheets like shrouds
over tables, over spectres.
A poet can fill his life
with family, friends, his kids, the wife,
but none can answer his overwhelming question:
how poets exist with no attention.
Loner or gregarious, sane or mad,
worn from nourishing the cuckoo in his head;
expert in envy, lord of the absurd,
attracting every jibe and snigger in the world:
strewing pride and presents among the crowds
beside the grotesque tables and the shrouds,
in the parlour of his head mourning and weeping –
homeless, friendless among his people.

Poetry is a rat trapped: it cannot live
in the fangs of allusion, the fangs of adjective,
poisonous both, especially the latter,
sweet as the Munster thrushes' chatter,
their songs like goat-shit on a drum.

Ón aidiacht tagann ainm lag tar éis cumaisc –
is ospidéal máithreachais gach dán do chumas,
ainmneacha ina n-othar ann is iad ina máithreacha,
is an tUasal Ó hAidiachta ag feitheamh le dul-in-airde.
Tóg an speal chucu, gearr is bain iad,
déan carn cáith díobh, is cuir é tré thine
is chífidh tú tríd an deatach muid – is ainmneacha sinne.
Ní glas é crann ar bith, is crann é, do chuala –
is rud é crann, is ainm: níl sa 'glas' ach tuairim.
Ach seachain tú féin, a spealadóir,
tá páirc mhaol dán lán de bhallghleo:
tabhair cabhair don fhilíocht, scaoil a bóna
is lig don ainm anáil a thógaint.

Do chuaigh critic amú i ndán uair amháin:
ní fhaca sé aon suaitheantas ann.
Do bhrúigh sé gach míne ann faoi chos –
chuala mionbhrioscarnach: thosnaigh sé ag gol.
Thosnaigh sé ar a dhia a ghuí,
d'iarr sé cabhair ón ollscoil is a taibhsí.
'Díreach ar aghaidh' do fhreagair, 'go líne fiche naoi'
is do bhí a chomhartha ann, tagairt do Dante:
d'aimsigh sé a shlí amach is an dán do mhol sé.
Ní fhaca sé an ceard ná na snas bhí ann
ná na rudaí rúnda míne bhí lán de chumhacht –
ach amháin an suaitheantas gan slacht.
Bhí a chompás gan tairbhe insan áit
nach raibh aon tuaisceart ann le fáil.
Cad is critic ann, in ainm Bhríde bheo?
Nó an bhfuil aon 'chomhchoibhneas oibiachtúil' ann dó?

Cad tá fágtha nuair a chríochnaíonn an píobaire?
Dríodar, seile, macalla is triacla.

The adjective produces a sickly noun,
and all my rhymes are maternity homes
where nouns are patients and mothers both,
and my Lord Adjective is outside
waiting his chance of another ride.
Cut 'em down, and dry, and turn 'em,
and make a heap of 'em and burn 'em
and through the smoke, our names you'll see:
no tree is green – a tree is a tree.
A tree is a name, and real too:
green is only a point of view.
But be careful when the scythe swings
for the stubble is full of warshocked limbs.
give the noun air, or it will smother.

A critic floundered in a poem once
for want of signposts, the poor dunce.
He crushed each subtlety underfoot
and wept, hearing their brittle crunch.
He prayed to God that he might see;
he invoked the ghosts of the university.
Straight ahead,' came the blessed answer,
'to line twenty-nine, and look for Dante,'
and, released, he praised the poem, the chancer.
He saw no polish, or craft, or care
nor the subtle power of the poet aware –
only that ugly signpost there.
His compass was of no account
in a place that had no north or south.
What's a critic, in the name of Bridget,
or can any 'objective correlative' gauge it?

So, what is left when the piper ceases?
Dregs, spit, echoes, treacle.

Bhuel, tar éis sin uilig, tá an fhadhb fós fágtha:
an dán a mhairfidh, an mbeidh sé daonna?
Brisim mo riail féin mar ní riail é
ach úim bheithígh de leathar déanta,
ceangailte ormsa, miúil na héigse.

Gé seift mise, táim aonarach.
Táim umhal is táim sotalach,
is inbhriste iad mo rialacha:
líon deich leabhar chun rá: ná habair faic.
Bí umhal don éiclips ach coimeád giota ré leat:
bí id sholas beag, bí id eisceacht.
Súigh an pluma is caith amach an eithne –
titfidh sí san aoileach
is beidh míle crann ag feitheamh leat.
Ná bí iomaíoch: níl againn ach dánta,
rudaí nach mbíonn rafar
faoi thaoiseach ná pápa.

Is seo í Éire, is mise mise.
Craobhscaoilim soiscéal an neamhaontaigh.
Obair ghrá is ealaíne, sin an méid a éilím
chomh folamh le nead gabha uisce
chomh bán le bolg gé.
Bóthar an fhile gan chloch mhíle air,
bóthar gan stad in óstan an ghrinn air,
bóthar le luibheanna gan aird air
ag bogadh go ciúin ó na claíocha áilne.

There's still a problem, all said and done:
the poem that lives, will it be human?
I break my dictum – it's not a rule
but a harness on me, poetry's mule.

I am a conspiracy of one.
I'm humble, arrogant; when all is done,
my rules are easily broken:
I fill ten books to say: let nothing be spoken.
Serve the eclipse, keep a slice of the moon,
be a small light, be an exception too.
Suck the plum, spit out the stone –
it will land on dung
and a thousand trees will grow.
Don't be competitive: all we have is poems,
things not answerable
to leader or pope.

This is Ireland, and I'm myself.
I preach the gospel of non-assent.
Love and art is the work I want
as empty as a dipper's nest,
whiter than a goose's breast –
the poet's road with no milestone on it,
a road with no wayside stop upon it,
a road of insignificant herbs
welling quietly from every hedge.

———◦◦◇◦◦———

Róisín Dubh: an allegorical name for Ireland

FÉINTRUA

Mícheál Ó hAirtnéide

Níl sna leathnaigh seo
ach giota beag dem aigne
(céad véarsaí nó dhó,
an gnáthrud gearrtha astu
ag feitheamh ar an dea-rann,
ar an líne shnasta,
gan iad ag lorg cáile:
an cháil a loiteann an inchinn,
fágann ina bainne géar í
gan ach meadhg inti).
Níl ann ach ladhar díomsa
gan suim ionam ag criticí
gan chuntas ó mo chairde,
fear dearúdta ag an litríocht,
im bhastard, im aonarán:
tá na Gaeil amhrasach romham
's ceapann na Gaill gur
as mo mheabhair atáim.
Siúlaim sléibhte iar-Luimní,
breac-Ghalltacht mo dhúchais:
do thréig mé an Béarla –
ar dhein mé tuaiplis?
Ní thaitníonn na mairbh liom
Is seachnaím na beo:
ní aontaíonn mo chairde liom
's ní aontaím leo.
's nuair léim filíocht an lae inniu
gáirim coillte peann
's goilim deora dúigh.

Michael Hartnett's Blues

In these pages you will find
only a fragment of my mind,
a hundred verses, maybe two;
I cut out the ordinary in lieu
of the long-awaited well made verse,
the polished line that avoids the curse
of the fame that corrupts the mind
and sours the milk of human kindness
leaving only whey.
There's little of me upon the page
ignored by critics, without regard,
from my friends there's not a word,
a man forgotten by literature,
a bastard, a loner: the Gaels not sure,
in gravest doubt about my kind,
to English speakers I'm out of my mind.
I walk west Limerick where I still
find Irish spoken in my native hills:
I abandoned English – for good or ill?
I avoid the living, don't like the dead,
my friends don't agree with me, nor I with them.
With today's poetry I find no link,
I laugh forests of pens,
I cry tears of ink.

POKER

Michael Davitt (1950–2005)

Nach ceait mar atá
ag deireadh an lá
tar éis grá
na gaoithe binbeach.

D'imigh sí uait
is d'fhág sí tú
gan phunt
gan tuiseal ginideach.

POKER

Isn't it cat, my friend,
at the day end
after love
like a wind that's venomous,

she's upped and gone
and here I am
flat broke
without a genitive.

———⬦⬦⬦⬦———

URNAÍ MAIDNE

Michael Davitt

Slogann dallóg na cistine a teanga de sceit
caochann an mhaidin liathshúil.
Seacht nóiméad déag chun a seacht
gan éan ar chraobh
ná coileach ag glaoch
broidearnach im shúil chlé
is blas breán im bhéal.

Greamaíonn na fógraí raidió den bhfo-chomhfhios
mar a ghreamódh
buíocán bogbheirithe uibh
de chois treabhsair dhuibh
mar a ghreamódh cnuimh de chneá.
Ná héisteodh sibh
in ainm dílís Dé ÉISTÍG ...

Tagann an citeal le blubfhriotal miotalach
trí bhuidéal bainne ón gcéim
dhá mhuga mhaolchluasacha chré.
Dúisigh a ghrá
té sé ina lá. Seo, cupán tae
táim ag fáil bháis
conas tánn tú fhéin?

MORNING PRAYER

The kitchen blind swallows its tongue in fright,
morning winks a grey eye.
Seventeen minutes to seven,
no bird on a branch
and no cock crowing,
a throbbing in my left eye
and a foul taste in my mouth.

The radio ads cling to the unconscious
as the yolk
of a soft-boiled egg
would cling to black trousers,
as a maggot would cling to a wound.
Listen!
for the love of Jesus SHUT UP!

The kettle comes with metallic splutter,
three bottles from the doorstep,
two red-eared mugs of clay.
Wake up, love,
it's day. Here's a cup of tea.
I'm dying –
how're you?

TÁ AN DAOSCAR MÓRTHIMPEALL AN TÍ, A MHAMAÍ

Michael Davitt

Tá an daoscar mórthimpeall an tí, a Mhamaí,
Tá an daoscar mórthimpeall an tí,
Tá an daoscar mórthimpeall an tí, a Mhamaí,
Tá an daoscar mórthimpeall an tí,
Tá aibídí bána orthu, aghaidheanna fidil is lámhainní.

Tá an Scúp Laethúil ina lámha acu, a Mhamaí,
Cannaí peitril is airm faobhair,
Ina lámha acu An Scúp Laethúil, a Mhamaí,
Cannaí peitril is airm faobhair,
N'fheadair siad cad as, a Mhamaí, ach táimidne chun
      íoc do daor.

Dhódar Mosc go talamh aréir, a Mhamaí,
Leabharlann is dhá shéipéal ,
Aréir dhódar Mosc go talamh a Mhamaí,
Leabharlann is dhá shéipéal ,
Shádar bean tincéara is ghearradar an teanga as a béal.

Tá an daoscar mórthimpeall an tí, a Mhamaí,
Tá an daoscar mórthimpeall an tí,
Tá an daoscar mórthimpeall an tí, a Mhamaí,
Tá an daoscar mórthimpeall an tí, a Mhamaí,
Tá aibídí bána orthu, aghaidheanna fidil is lámhainní.

The Mob Have Surrounded the House, Mammy

The mob have surrounded the house, Mammy,
The mob have surrounded our place,
The mob have surrounded the house, Mammy,
The mob have surrounded our place,
They're wearing white habits, Mammy, gloves and a mask
    on each face.

They've The Daily Scoop in their hands, Mammy,
Cans of petrol and sharp, sharp knives,
They've The Daily Scoop in their hands, Mammy,
Cans of petrol and sharp, sharp knives,
I don't know where they're coming from, Mammy, but
    we'll pay for it with our lives.

They burned a mosque to the ground last night, Mammy,
A library and two churches hereabouts,
They burned a mosque to the ground last night, Mammy,
A library and two churches hereabouts,
They stabbed a traveller woman and cut the tongue
    from her mouth.

The mob have surrounded the house, Mammy,
The mob have surrounded our place,
The mob have surrounded the house, Mammy,
The mob have surrounded our place,
They're wearing white habits, Mammy, gloves and a mask
    on each face.

Tá an daoscar ag lasadh an tí, a Mhamaí.
Tá an daoscar ag lasadh an tí,
Tá an daoscar ag lasadh an tí, a Mhamaí.
Tá an daoscar ag lasadh an tí,
Dóidís an domhan ar fad, a Mhamaí, ach ní dófar an
    ghrainc as a gcroí.

The mob are burning the house, Mammy,
The mob are burning our place,
The mob are burning the house, Mammy,
The mob are burning our place,
They can burn the whole world down, Mammy, but
              they can't burn their hearts' grimace.

—◦◇◦—

AN CHÉIM BHRISTE

Áine Ní Ghlinn (1955–)

Cloisim thú agus tú ag teacht aníos an staighre. Siúlann tú ar an gcéim bhriste. Seachnaíonn gach éinne í ach siúlann tusa i gcónaí uirthi.

D'fhiafraigh tú díom céard é m'ainm. Bhíomar le chéile is dúirt tú go raibh súile gorma agam.

Má fheiceann tú solas na gréine ag deireadh an lae is má mhúsclaíonn sé thú chun filíocht a scríobh ...
     Sin é m'ainm.

Má thagann tú ar cuairt chugam is má bhíonn 'fhios agam gur tusa atá ann toisc go gcloisim do choiscéim ar an staighre ...
     Sin é m'ainm.

Dúirt tú gur thuig tú is go raibh mo shúile gorm. Shiúil tú arís uirthi is tú ag imeacht ar maidin.

Tagann tú isteach sa seomra is feicim ó do shúile go raibh tú léi. Ní labhrann tú ná ní fhéachann tú ar mo shúile. Tá a cumhracht ag sileadh uait.

Tá an chumhracht caol ard dea-dhéanta is tá a gruaig fada agus casta. Cloisim thú ag insint di go bhfuil a súile gorm is go bhfuil tú i ngrá léi

THE BROKEN STEP

I hear you when you climb the stairs. You walk on the broken step. Everyone else avoids it, but you walk on it always.

You asked me what my name was. We were together and you said my eyes were blue.

If you see sunlight at nightfall and if it awakens a poem in you …
        That's my name.

If you visit me and I know it's you because I hear your footsteps on the stairs …
        That's my name.

You said you understood and that my eyes were blue. You walked again on it when you left this morning.

You come into the room and I see from your eyes that you were with her. You do not speak nor do you look into my eyes. Her fragrance flows from you.

The fragrance is slender, tall, well-formed, and her hair is long and curling. I hear you tell her that her eyes are blue and that you love her.

Osclaím an doras agus siúlann tú amach.

D'fhéadfá é a mhíniú dhom a deir tú. Dúnaim an doras.

Ní shiúlann tú uirthi. Seachnaíonn tú an chéim bhriste. Ní shiúlann éinne ar an gcéim bhriste. Déantar í a sheachaint i gcónaí.

I open the door and you walk out.

You can explain you tell me. I close the door.

You do not walk on it. You avoid the broken step. No one walks on the broken step. They avoid it always.

—◦◦◇◦◦—

Páidín

Áine Ní Ghlinn

Ní Páidín ná Pat
ná Paddy fiú
a thugann sé
air féin anois
is é i Londain
ach Patrick
Patrick Conneely
is níor fhéach sé
thar a ghuaille
an uair gur
chuala sé
'Páidín'
á scairteadh
ag guth mná
an mhaidin úd
is é ina sheasamh
tóin le gaoth
ag an aonach *hireála*
i gCricklewood
'Ní Páidín mé'
a dúirt sé leis féin
'ach Patrick
Patrick Conneely'
Scroig a mhuinéal
chun carbhat
nach raibh ann
a scaoileadh

PÁIDÍN

It isn't Páidín or Pat
or even Paddy
he calls himself
now
that he's in London
but Patrick
Patrick Conneely
and he didn't even look
over his shoulder
the time
he heard
the woman shouting
'Páidín'
that morning
he was standing
backside to the wind
at the hiring fair
in Cricklewood
'I'm not Páidín'
he insisted to himself
'but Patrick
Patrick Conneely'
His neck scragged
to loosen
a non-existent tie

É mar a bheadh seanbhó
ag cogaint na círe
is a theanga á thriáil
'Patrick
Patrick Conneely'

Him like an old cow
chewing the cud
trying to get his tongue around
'Patrick
Patrick Conneely'

———◦◦◇◦◦———

CRICKLEWOOD 6.00 R.N.

Áine Ní Ghlinn

Bíonn a leagan féin dá scéal féin ag gach éinne
'gus sé an dála céanna é ag Páidín Ó Conaola
nó – gabh mo leithscéal – Patrick Conneely
'Idir postanna atáim' a deir sé
'Tá's agat féin is shíleas os rud é
nach raibh tada eile le déanamh agam
go mbeadh sé chomh maith agam teacht anseo
féachaint an gcasfaí éinne orm –
éinne ó bhaile – Tá's agat féin
No No – Ní easpa oibre ná easpa airgid
Díreach – Tá's agat féin'

CRICKLEWOOD 6.00 A.M.

Everyone has their own version of things
And it's the same with Páidín Ó Conaola
Or – excuse me – Patrick Conneely
'Between jobs I am' he says
'You know yourself and I thought that since
I'd nothing else to do
I might as well come down here
in hopes that I'd meet someone –
someone from home – you know yourself
No No – It's not shortage of work or money
Just – Well, you know yourself'

———◇◇◇◇◇———

LITIR Ó BHAILE

Áine Ní Ghlinn

Ag a seacht is ea a thagann fear an phoist
Éiríonn Páidín ag cúig chun
is éisteann le gíoscán an gheata
Sileann na litreacha mar dhuilleoga fómhair
Beireann Páidín orthu sula mbuaileann siad talamh
Cuid den chleas atá ann
Deasghnátha na maidine
Deir Páidín go mbaineann taitneamh
as na litreacha a chur in ord
do na tionóntaithe eile
Bíonn an leaba fuar nuair a théann sé
arís in airde staighre

A LETTER FROM HOME

The postman comes at seven o'clock
Páidín gets up at five-to
and listens for the squeak of the gate
The letters fall like autumn leaves
Páidín catches them before they fall to the floor
All part of the deception
The morning ritual
Páidín says he likes
to sort the letters
for the other tenants
The bed is cold when he goes
back upstairs

AE PHÁIDÍN

Áine Ní Ghlinn

In ainneoin chomhairle an dochtúra
ní éireoidh Páidín as an ól
Cad is fiú d'ae a phurgú
is do chroí istigh á scoilteadh
ag an uaigneas?

PÁIDÍN'S LIVER

Ignoring doctor's orders
Páidín won't give up the booze
What's the point of de-toxing your liver
when your heart is breaking
with loneliness?

———◦◦◇◦◦———

GLAOCH ABHAILE

Áine Ní Ghlinn

Sea sea a Mham
Go diail ar fad
Tá árasán agam
dhá sheomra
iad breá cluthar
Teas lárnach agus uile
No níl fón agam go fóill
Ach beadsa chugaibh
don Nollaig
Sea don Nollaig
le cúnamh Dé ...

Leagann síos an fón
Crochann a mhála dufail
ar a ghuaille
a mhála codlata
faoina ascaill
is siúlann ar ais
chuig a bhosca
taobh thiar de
Stáisiún *Waterloo*

A Phonecall Home

Sure thing, Mam,
Mighty altogether
I have a flat
two rooms
grand and cosy
Central heating an' all
No I've no phone yet
But I'll be home
for Christmas
Yeah, for Christmas
with God's help …

He puts down the phone
Throws his duffle bag
over his shoulder
his sleeping bag
under his oxter
and walks back
to his cardboard box
behind
Waterloo Station

LÁ EILE THART

Áine Ní Ghlinn

Seasann Páidín ag an gcuntar
Déanann gáire faoi scéal brocach
a insíonn sé dó féin
Labhrann go séimh gáirsiúil
le bean a shiúlann uaidh

Déanann dorn dá dheasóg
Troideann leis an aer
An lámh in uachtar á fháil aige
ar an Sasanach mór groí
a thug *Paddy* air ar maidin

A chiotóg ag pumpáil dí
Ní hionann an bheoir anseo
agus dea-bheoir na hÉireann
ach fós féin
'Pionta eile, a dhuine chóir'

Ag deireadh na hoíche
fágann Páidín slán
ag fear an bheáir
ag stróinséirí
ag cairde a shamhlaíochta

Siúlann timpeall an chúinne
Déanann a mhún
in aghaidh an bhalla

ANOTHER DAY DOWN

Páidín stands at the counter
laughs at the smutty story
he tells himself
In a soft voice he talks dirty
to a woman who walks away

He makes a fist of his right hand
punches the air
getting the better
of that big bastard of an Englishman
who called him a Paddy this morning

His left hand pumps in the beer
This stuff isn't as good
as the beer back in Ireland
but anyway it's
'Another pint, my good man'

At closing time
Páidín bids goodbye
to the barman
to the strangers
to his imagined friends

He walks around the corner
Pisses
against the wall

Caitheann aníos
piontaí na hoíche

Ansin, Amhrán na bhFiann á chasadh aige
Siúlann ar ais chuig a sheomra beag bídeach
Pógann an grianghraf dá Mham
Baineann de a bhuataisí
agus codlaíonn

pukes the night's beer

Then, singing *Amhrán na bhFiann,*
he walks back to his poky room
kisses the photo of his Mother
takes off his boots
and sleeps

———◦◦◇◦◦———

Spraoi an tSathairn

Áine Ní Ghlinn

Ar an Satharn ceannaíonn Páidín ticéad lae
Trí phunt daichead ar shaoirse na cathrach
Cuireann teas na gcorp gliondar croí air
Bíonn comhráití samhailteacha aige
le stróinséirí a bhogann uaidh a luaithe
is a fheiceann siad gluaiseacht a bheola
Aistríonn Páidín ó thraein go traein
ó thuaidh aduaidh ó dheas aneas
'Bhuail mé amach go *Wembley* inné, a Mham,
an áit 'na mbíonn an snúcar is an sacar ar siúl,'
a deir sé ina litir sheachtainiúil abhaile
'An tseachtain seo chaite bhí mé thíos i g*Clapham*'
Ní deir sé nár fhág sé an stáisiún

SATURDAY SPREE

On Saturday Páidín buys a day ticket
Three pounds forty for the freedom of the city
The heat of the bodies delights him
He holds imaginary conversations
with strangers who bolt
as soon as they see his lips begin to move
Páidín goes from train to train
north south south north
'I hit for Wembley yesterday, Mam,
the place they have the snooker and the soccer,'
he writes in his weekly letter home
'Last week I was down in Clapham'
He doesn't say that he never left the station

———○○◇○○———

GAIRDÍN PHÁIDÍN

Áine Ní Ghlinn

Cuireann Páidín síol
i mbosca beag
ar leac fuinneoige
ar an séú hurlár.
Is aoibhinn leis
an chré a bhrath
faoina ingne.

Páidín's Garden

Páidín sows seed
in a tiny box
on his window-sill
on the sixth floor
It does him good
to feel the clay
under his fingernails

Turas Abhaile

Áine Ní Ghlinn

Thiomáin Páidín abhaile don Nollaig
i ngluaisteán a mbíodh a ghob
ag doras an tséipéil
is na rotha deiridh
fós ag teacht isteach an gheata
Choinnigh sé na cáipéisí
ón áisínteacht *hireála*
i bhfolach go doimhin
i bpóca ascaille
a sheaicéid Dhomhnaigh

A Visit Home

Páidín drove home for Christmas
in a car whose front bumper would be
at the church door
while the back wheels
were still coming in the gate
He kept the documents
from the car rental company
hidden deep down
in the inside pocket
of his Sunday jacket

———◦◦◇◦◦———

AN TOBAR

do Mháire Mhac an tSaoi

Cathal Ó Searcaigh (1956–)

'Cuirfidh sé brí ionat agus beatha,'
arsa sean-Bhríd, faghairt ina súile
ag tabhairt babhla fíoruisce chugam
as an tobar is glaine i nGleann an Átha.
Tobar a coinníodh go slachtmhar
ó ghlúin go glúin, oidhreacht
luachmhar an teaghlaigh
cuachta istigh i gclúid foscaidh,
claí cosanta ina thimpeall
leac chumhdaigh ar a bhéal.

Agus mé ag teacht i méadaíocht
anseo i dtús na seascaidí
ní raibh teach sa chomharsanacht
gan a mhacasamhail de thobar,
óir cúis mhaíte ag achan duine
an t-am adaí a fholláine is a fhionnuaire
a choinníodh sé tobar a mhuintire:
ní ligfí sceo air ná smál
is dá mbeadh rian na ruamheirge
le feiceáil ann, le buicéad stáin
dhéanfaí é a thaoscadh ar an bhall
is gach ráithe lena choinneáil folláin
chumhraítí é le haol áithe.

THE WELL

for Máire Mhac an tSaoi

''Twill put a stir in you, and life',
says Old Bridget, spark in her eyes
proffering a bowl of spring-water
from the purest well in Gleann an Átha,
a well that was tended lovingly
from generation to generation, the precious
heritage of the household
snugly sheltered in a nook,
a ditch around it for protection,
a flagstone on its mouth.

When I was growing up
here in the early 'sixties
there wasn't a house in the neighbourhood
without its like,
for everyone was proud then
of how wholesome and pure
they kept the family well:
they wouldn't let it become murky or slimy
and at the first trace of red-rust
it was bailed-out with a tin bucket;
every season it was purified with kiln-lime.

Uisce beo bíogúil, fíoruisce glé
a d'fhoinsigh i dtobar ár dteaghlaigh.
I gcannaí agus i gcrúiscíní
thóg siad é lá i ndiaidh lae
agus nuair a bhíodh íota tarta orthu
i mbrothall an tsamhraidh
thugadh fliuchadh agus fuarú daofa
i bpáirceanna agus i bportaigh.
Deoch íce a bhí ann fosta
a chuir ag preabadaigh iad le haoibhneas
agus mar uisce ionnalta
d'fhreastail ar a gcás ó bhreith go bás.

Ach le fada tá uisce reatha
ag fiaradh chugainn isteach
ó chnoic i bhfad uainn
is i ngach cisteanach
ar dhá thaobh an ghleanna
scairdeann uisce as sconna
uisce lom gan loinnir
a bhfuil blas searbh súlaigh air
is i measc mo dhaoine
tá tobar an fhíoruisce ag dul i ndíchuimhne.

'Is doiligh tobar a aimsiú faoi láthair,'
arsa Bríd, ag líonadh an bhabhla athuair.
'Tá siad folaithe i bhfeagacha agus i bhféar,
tachtaithe ag caileannógach agus cuiscreach,
ach in ainneoin na neamhairde go léir
níor chaill siad a dhath den tseanmhianach.

Lively, living water, pellucid spring-water
gushed forth from our family well.
In tin-cans and pitchers
they drew it daily
and in the devouring thirst
of sweltering summer
it slaked and cooled them
in field and bog.
It was a tonic, too,
that made them throb with delight,
and it washed us all
from birth to death.

But, this long time, piped water from distant hills
sneaks into every kitchen
on both sides of the glen;
water spurts from a tap,
mawkish, without sparkle,
zestless as slops,
and among my people
the spring well is being forgotten.

'Tis hard to find a well nowadays',
says Bridget filling the bowl again.
'They're hidden in rushes and grass,
choked by green scum and ferns,
but, despite the neglect,
they've lost none of their true mettle.

Aimsigh do thobar féin, a chroí,
óir tá am an anáis romhainn amach:
Caithfear pilleadh arís ar na foinsí.'

———◇◇◇◇◇———

Seek out your own well, my dear,
for the age of want is near;
there will have to be a going back to sources'.

———◦◦◦◦◦———

ANSEO AG STÁISIÚN CHAISEAL NA gCORR

do Michael Davitt

Cathal Ó Searcaigh

Anseo ag Stáisiún Chaiseal na gCorr
d'aimsigh mise m'oileán rúin
mo thearmann is mo shanctóir.
Anseo braithim i dtiúin
le mo chinniúint féin is le mo thimpeallacht.
Anseo braithim seasmhacht
is mé ag feiceáil chríocha mo chineáil
thart faoi bhun an Eargail
mar a bhfuil siad ina gcónaí go ciúin
le breis agus trí chéad bliain
ar mhínte féaraigh an tsléibhe
ó Mhín 'a Leá go Mín na Craoibhe.
Anseo, foscailte os mo chomhair
go díreach mar bheadh leabhar ann
tá an taobh tíre seo anois
ó Dhoire Chonaire go Prochlais.
Thíos agus thuas tím na gabháltais
a briseadh as béal an fhiántais.
Seo duanaire mo mhuintire;
an lámhscríbhinn a shaothraigh siad go teann
le dúch a gcuid allais.
Anseo tá achan chuibhreann mar bheadh rann ann
i mórdhán an mhíntíreachais.
Léim anois eipic seo na díograise
i gcanúint ghlas na ngabháltas

HERE AT CAISEAL NA GCORR STATION

for Michael Davitt

Here at *Caiseal na gCorr* Station
I discovered my hidden island,
my refuge, my sanctuary.
Here I find myself in tune
with my fate and environment.
Here I feel permanence
as I look at the territory of my people
around the foot of Errigal
where they've settled
for more than three hundred years
on the grassy mountain pastures
from *Mín 'a Leá* to *Mín na Craoibhe.*
Here before me, open
like a book,
is this countryside now
from *Doire Chonaire* to *Prochlais.*
Above and below, I see the holdings
farmed from the mouth of wilderness.
This is the poem-book of my people,
the manuscript they toiled at
with the ink of their sweat.
Here every enclosed field is like a verse
in the great poem of land reclamation.
I read this epic of diligence now
in the green dialect of the holdings,

is tuigim nach bhfuilim ach ag comhlíonadh dualgais
is mé ag tabhairt dhúshlán an Fholúis
go díreach mar a thug mo dhaoine dúshlán an fhiántais
le dícheall agus le dúthracht
gur thuill siad an duais.
Anseo braithim go bhfuil éifeacht i bhfilíocht.
Braithim go bhfuil brí agus tábhacht liom mar dhuine
is mé ag feidhmiú mar chuisle de chroí mo chine
agus as an chinnteacht sin tagann suaimhneas aigne.
Ceansaítear mo mhianta, séimhítear mo smaointe,
cealaítear contrárthachtaí ar an phointe.

understand that I'm only fulfilling my duty
when I challenge the Void
exactly as my people challenged the wilderness
with diligence and devotion
till they earned their prize.
Here I feel the worth of poetry.
I feel my *raison d'être* and importance as a person
as I become the pulse of my people's heart
and from this certainty comes peace of mind.
My desires are tamed, my thoughts mellow,
contradictions are cancelled on the spot.

DO JACK KEROUAC

do Shéamas de Bláca

Cathal Ó Searcaigh

The only people for me are the mad ones,
the ones who are mad to live, mad to talk,
mad to be saved, desirous of everything at
the same time, the ones who never yawn or
say a commonplace thing but burn,
burn like fabulous yellow roman candles
Sliocht as ON THE ROAD

Ag sioscadh trí do shaothar anocht tháinig leoithne na cuimhne chugam ó gach leathanach.

Athmhúsclaíodh m'óige is mhothaigh mé ag éirí ionam an *beat* brionglóideach a bhí ag déanamh aithris ort i dtús na seachtóidí.

1973. Bhí mé *hookáilte* ort. Lá i ndiaidh lae fuair mé *shot* inspioráide ó do shaothar a ghealaigh m'aigne is a shín mo shamhlaíocht.

Ní Mín 'a Leá ná Fána Bhuí a bhí á fheiceáil agam an t-am adaí ach machairí Nebraska agus táilte féaraigh Iowa.

Agus nuair a thagadh na *bliúanna* orm ní bealach na Bealtaine a bhí romham amach ach mórbhealach de chuid Mheiriceá.

TO JACK KEROUAC

for Séamas de Bláca

The only people for me are the mad ones,
the ones who are mad to live, mad to talk,
mad to be saved, desirous of everything at
the same time, the ones who never yawn or
say a commonplace thing but burn,
burn like fabulous yellow roman candles

From ON THE ROAD

Leafing through your books tonight, a breeze of memory
from every page,
My youth was resurrected, and, rising in me, I felt the
dreamy beat that imitated you in the early seventies.

1973. I was hooked on you. Day after day, your work was
a shot of inspiration that lit up my mind and stretched
my imagination.
Then it wasn't *Mín 'a Leá* or *Fána Bhuí* I'd see but the
plains of Nebraska or the grasslands of Iowa.

And when the blues descended it wasn't the *Bealtaine*
byways that lay ahead but the open freeway of America.

'Hey man you gotta stay high' a déarfainn le mo chara agus muid ag *freakáil* trí Chailifornia Chill Ulta isteach go Frisco an Fhál Charraigh.

Tá do leabhar ina luí druidte ar m'ucht ach faoi chraiceann an chlúdaigh tá do chroí ag preabadaigh i bhféitheog gach focail.
Oh man mothaím arís, na *higheanna* adaí ar Himiléithe na hóige:
Ó chósta go cósta thriall muid le chéile, saonta, spleodrach, místiúrtha;
Oilithreacht ordóige ó Nua-Eabhrac go Frisco agus as sin go Cathair Mheicsiceo;
Beat buile inár mbeatha. Spreagtha. Ag bladhmadh síos bóithre i gCadillacs ghasta ag sciorradh thar íor na céille ar eiteoga na m*bennies.*
Thrasnaigh muid teorainneacha agus thrasnaigh muid taibhrithe.
Cheiliúraigh muid gach casadh ar bhealach ár mbeatha, *bingeanna* agus bráithreachas ó Bhrooklyn go Berkeley, *booze, bop* agus Búdachas; Éigse na hÁise; sreangscéalta as an tsíoraíocht ar na Sierras; marijuana agus misteachas i Meicsiceo; brionglóidí buile i mBixby Canyon.

Rinne muid Oirféas as gach *orifice.*

Ó is cuimhneach liom é go léir, a Jack, an chaint is an cuartú. Ba tusa bard beoshúileach na mbóithre, ar thóir na foirfeachta, ar thóir na bhFlaitheas.
Is cé nach bhfuil aon aicearra chuig na Déithe, adeirtear, d'éirigh leatsa slí a aimsiú in amantaí nuair a d'fheistigh tú úim adhainte ar Niagara d'aigne le *dope* is le diagacht.

'Hey man you gotta stay high' I'd say to my friend as we freaked through *Cill Ulta*'s California or *Fál Charrach*'s Frisco.

Your book is shut on my breast but beneath the skin that is the cover your heart is throbbing in the muscle of every word.
Oh man! I feel it again, those highs on the Himalayas of youth:
From coast to coast we coasted, naive, vivacious, reckless; Hitch-hiking on our pilgrimage from New York to Frisco and from there to Mexico City,
A mad beat to our lives. Inspired. Bombing down highways in hot Cadillacs, bombed out of our minds on Benzedrine.
We crossed borders and broke through to dreams.
We celebrated every turn on our life's highway, binges and brotherhood from Brooklyn to Berkeley, booze, bop and Buddhism; the sages of Asia; envelopes from eternity on the Sierras; marijuana and mysticism in Mexico; crazy visions in Bixby Canyon.

We made an Orpheus of every orifice.

Oh I remember it all, Jack, the talk and the quest.
You were the quickeyed bard on the road seeking perfection, seeking Heaven.
And though there's no shortcut to the Gods, so they say, you harnessed and electrified the Niagara of your mind with dope and divinity

Is i mBomaite sin na Buile gineadh solas a thug spléachadh duit ar an tSíoraíocht,
Is a threoraigh 'na bhaile tú, tá súil agam, lá do bháis chuig Whitman, Proust agus Rimbaud.

Tá mo bhealach féin romham amach ... *'a road that ah zigzags all over creation. Yeah man! Ain't nowhere else it can go. Right!'*
Agus lá inteacht ar bhealach na seanaoise is na scoilteacha
Nó lá níos cóngaraí do bhaile, b'fhéidir,
Sroichfidh mé Crosbhealach na Cinniúna is beidh an Bás romham ansin,
Treoraí tíriúil le mé a thabhairt thar teorainn,
Is ansin, *goddammit* a Jack, beidh muid beirt ag síobshiúl sa tSíoraíocht.

———◦◇◇◦———

And in that furious moment a light was generated that
granted you a glimpse of eternity
And that guided you home, I hope, on the day of your
death to Whitman, Proust and Rimbaud.

My own road is ahead of me ... *'a road that ah zigzags all
over creation. Yeah man! Ain't nowhere else it can go. Right!'*
And some day on the road of old age and rheumatism,
Or sooner maybe,
I'll arrive at the Crossroads of Fate, and Death will be
there before me,
A gentle guide to lead me beyond the border
And then, goddammit Jack, we'll both be hitch-hiking
in eternity.

BÓ BHRADACH

do Liam Ó Muirthile

Cathal Ó Searcaigh

D'éirigh sé dúthuirseach déarfainn
den uaigneas a shníonn anuas i dtólamh
fríd na maolchnocáin is fríd na gleanntáin
chomh malltriallach le *hearse* tórraimh;
de bhailte beaga marbhánta na mbunchnoc
nach bhfuil aos óg iontu ach oiread le créafóg;
de na seanlaochra, de lucht roiste na dtortóg
a d'iompaigh an domasach ina deargfhód
is a bhodhraigh é *pink* bliain i ndiaidh bliana
ag éisteacht leo ag maíomh as seanfhóid an tseantsaoil;

de na *bungalows* bheaga bhána atá chomh gránna
le *dandruff* in ascaill chíbeach an Ghleanna;
de na daoine óga gafa i g*cage* a gcinniúna
dálta ainmhithe allta a chaill a ngliceas;
de thrí thrua na scéalaíochta i dtruacántas
lucht na dífhostaíochta, den easpa meanmna,
den iargúltacht, den chúngaigeantacht ar dhá thaobh an
        Ghleanna;
de na leadhbacha breátha thíos i dTigh Ruairí
a chuir an fear ag bogadaigh ann le fonn
ach nach dtabharfadh túrálú ar a raibh de shú ann;

de theorainneacha treibhe, de sheanchlaíocha teaghlaigh,

A BRADDY COW

for Liam Ó Muirthile

He got fed up, I'd swear,
of the loneliness that constantly seeps down
through the rolling hills, through the valleys
sluggish as a hearse;
of the lazy hamlets of the foothills
empty of youth as of earth;
of the old warriors, of the sodbusters
who turned to red-sod the peaty soil
and who deafened him pink, year-in, year-out,
bragging of the old sods of the past;

of the small, white bungalows, ugly
as dandruff in the sedgy headlands of the Glen;
of the young trapped in the cage of their fate
like wild animals who have lost their cunning;
of the three sorrows of storytelling in the misery
of the unemployed, of low spirits,
of the backwardness, of the narrowmindedness of both
        sides of the Glen,
of the fine birds below in *Ruairí's*
who stirred the man in him
but who couldn't care less about his lusting;

of tribal boundaries, of ancient household ditches,

de bheith ag mún a mhíshástachta in éadan na mballaí
a thóg cine agus creideamh thart air go teann.
D'éirigh sé dúthuirseach de bheith teanntaithe sa
           Ghleann
is le rúide bó bradaí maidin amháin earraigh
chlearáil sé na ballaí is *hightailáil* anonn adaí.

of pissing his frustration at race and religion
that walled him in.
He got fed up of being fettered in the Glen
and, bucking like a braddy cow* one spring morning,
he cleared the walls and hightailed away.

———◦◦◊◦◦———

* *A braddy cow:* a thieving, trespassing cow

CEANN DUBH DÍLIS

Cathal Ó Searcaigh

A cheann dubh dílis dílis dílis
d'fhoscail ar bpóga créachtaí Chríosta arís;
ach ná foscail do bhéal, ná sceith uait an scéal:
tá ár ngrá ar an taobh thuathal den tsoiscéal.

Tá cailíní na háite seo cráite agat, a ghrá,
's iad ag iarraidh thú a bhréagadh is a mhealladh gach lá;
ach b'fhearr leatsa bheith liomsa i mbéal an uaignis
'mo phógadh, 'mo chuachadh is mo thabhairt chun
      aoibhnis.

Is leag do cheann dílis dílis dílis,
leag do cheann dílis i m'ucht a dhíograis;
ní fhosclód mo bhéal, ní sceithfead an scéal
ar do shonsa shéanfainn gach soiscéal.

MY BLACKHAIRED LOVE

My blackhaired love, my dear, dear, dear,
Our kiss re-opens Christ's wounds here;
But close your mouth, don't spread the word:
We offend the gospels with our love.

You plague the local belles, my sweet,
They attempt to coax you with deceit,
But you'd prefer my lonely kiss,
You hugging me to bring to bliss.

Lay your head, my dear, dear, dear,
Lay your head on my breast here;
I'll close my mouth, no detail break –
I'd deny the gospels for your sake.

As GAFA I nGAZA

Nollaig 2023

Cathal Ó Searcaigh

1

Chan Réalt úd an Eolais
a lasann an spéir
ach pléascáin an áir.

Chan Aingle an Tiarna
a thig le dea-scéal
ach eitleáin chogaidh.

Chan seo na Trí Ríthe
ag teacht lena dtíolacthaí
ach Gorta, Pláigh agus Bás.

Chan Leanbhán an Áidh
a shoilsíonn ón chliabhán
ach corpán fuilteach ár nDóchais.

2

Anseo is fada an t-achar
ó inné go dtí amárach.

Anseo chan ó lá go lá
a mhaireann muid

ach ó anáil go hanáil.

From TRAPPED IN GAZA

Christmas 2023

1

No star of Wisdom
lights the sky
but explosions of slaughter.

No Angel of the Lord
comes with good news
But warplanes.

No three Wise Men
come with their gifts
but Famine, Plague and Death.

No Wondrous Baby
comes to light us from the cradle
only the bloody corpse of our hope.

2

Here it's a long way
from yesterday to tomorrow.

Here it's not from day to day
we live

but from breath to breath.

3

Níl teitheadh i ndán dúinn.
Mar is gnách, caithfidh muid
ár mbaile a dhéanamh aríst
mar a rinne ár ndaoine romhainn
as smionagar cnámh, as dusta an áir.

4

Tá mo dhaoine crom
le hualach trom na Cumha.

Tá na bailte úd
as ar ruaigeadh iad

á n-iompar acu i gcónaí
i sac na gcuimhní.

5

Níl de chúl dídine agam
ó chreach is ó dhaoirse
ach clúid na cloigne.

Lúb bheag faoisimh
le cuimhneamh ar fhocla
ó Abraham agus ó Mhaoise:

Uisce, arán, saoirse.

6

Oíche i ndiaidh oíche
tá caointe ár bpáistí le cluinstin,
olagón ar olagón.

3

We can't escape.
As ever, we have
to make our homes again
like our ancestors did before us
from fragments of bones, from the dust of slaughter.

4

My people are bent
with the heavy burden of sorrow.

The towns
from which they were banished

they carry always
in the sack of their memories.

5

I have no sanctuary
from destruction and oppression
but the covering tent of my head.

A small window of relief
it is to remember the words
of Abraham and Moses:

water, bread, freedom.

6

Night after night
the cries of our children can be heard
wailing, wailing.

Lá i ndiaidh lae
tá stair ár ndaoine á scríobh,
deoir ar dheoir.

Bliain i ndiaidh bliana
tá siadsan ag sealbhú ár dtíre,
fód ar fhód.

Glúin i ndiaidh glúine
tá fearg ár ndaoine ag méadú,
bás ar bhás.

7
I nGaza tá an spéir
ag titim orainn.

I nGaza tá an talamh
ar crith fúinn.

I nGaza tá na cónracha
ag sní sna sráideacha

ina n-aibhneacha.

8
Tá créachtaí na cathrach
ina n-aibhneacha fola.

Táthar ár mbáthadh
i nDíle an díoltais,

is níl aon Áirc againn
le muid a tharrtháil

Day after day
the history of our people is being written,
tear by tear.

Year after year
they are occupying our land,
sod by sod.

Generation after generation
the anger of our people is growing,
death by death.

7

In Gaza the sky
is falling down on us.

In Gaza the ground
is shuddering under us.

In Gaza the coffins
are turning the streets

into rivers.

8

The wounds of the streets
are rivers of blood.

We are drowning
in the Flood of revenge

and we have no Ark
to deliver us,

ná colmán ag ofráil
chraobh olóige na síochána.

9

Seo cathair na mairgní –
a cuid osnaí níos doimhne
ná poill na bpléascán.

10

Cúlsráid na gcuimhní:
Caifé, siopa grósaera,
bearbóir, siopa búistéara.
Comharsanacht teaghlaigh.

Ansiúd chonaic mé
an ghrian ag éirí tráth
Ansiúd chuala mé
páistí ag gáirí tráth.

Inniu tá a raibh ann
imithe de dhroim an tsaoil,
ina luaith, ina dhusta, ina thoit,
mo bhunadh, mo lucht gaoil.

Idir na fógraí do shnua
craicinn is an Datsun nua,
fuair scrios na sráide
aird na teilifíse ar feadh bomaite.

Cúlsráid a bhí is nach bhfuil:
Caifé, siopa grósaera,
bearbóir, siopa búistéara!
Tá mo chuimhne dearg le fuil.

no dove to offer
the olive branch of peace.

9

Here is the city of sorrows –
its cries deeper
than bomb craters.

10

The backstreet of memories:
a cafe, a grocer's shop,
a barber, a butcher's shop.
A neighbourhood of households.

Once I saw
the sun rise here.
Once I heard
children laughing here.

Today all that once lived here
are gone from the face of the earth,
in ashes, in dust, in smoke,
my ancestors, my relatives.

Between the ads for make-up
and the new Datsun
the destruction of the street
appears on TV for a brief moment only.

A backstreet that was and is now no more,
a cafe, a grocer's shop,
a barber, a butcher's shop.
My memory is red with blood.

11

Mairg a gcinniúint
mairg a gcrá
ionradh agus réabadh
ag teacht ó gach taobh
gan sos gan achar faoisimh
gan de shólás acu
ach bás ar an láthair.

Mairg na daoine
mairg a gcás
faoi ionsaí faoi léigear
gan le hól acu
ach toit na bpléascán
gan le hithe acu
ach dusta a gcuid tithe.

Mairg a mná
mairg a bpáistí
a gcuid stéigeacha
stollta astu
ar bhóithre na fola
ar chabhsaí na gcnámh
ar chúlslite na n-osnaí.

Mairg a mbeophian
mairg a ngéarghoin
caoracha tine ón spéir
stealltracha piléar ón talamh
a bhfuil acu den tsaol
imithe ina dhusta sprúdair
imithe ina chúil bhruscair.

11

Pity their destiny,
Pity their anguish,
invasion and destruction
from every side
without cease or pause for relief,
their only solace
death on the spot.

Pity the people,
pity their situation
under attack, under siege
with nothing to drink
but the smoke of explosions,
with nothing to eat
but the dust of their homes.

Pity their women,
pity their children
their flesh
torn from them
on roads of blood,
on lanes of bones,
on the byways of sighs.

Pity their living pain,
pity their bitter wound,
fireballs from the sky,
a hail of bullets from the ground,
all they have in this world
turned to dust,
turned to fragments.

12

Inniu is doiligh domhsa
breith ar mo chiall
leis an oibriú seo
atá tagtha ar mo chroí
is mo chomhdhaoine i nGaza
faoi ionradh is faoi ionsaí.

Mo bhráithre, mo chomharsanaigh,
i Jabalia, i Khan Younis,
i Rafah, i mBeit Lahia,
ní thig liom gan tacú leo,
gan trí choiscéim na trócaire
a thabhairt ina dtreo.

Is iad ag iompar an bháis
fríd shráideacha an dóláis
óir i nGaza tá clocha
dúshraithe na daonnachta
á mbriseadh is á maidhmiú
ag airm na tíorántachta.

Is ní leor bláthfhleasc
deas na bhfocal ó cheannairí
cumhachta is ó lucht creidimh
ag cásamh a gcaill leo
is Gaza ina chréacht fola,
áit nach beo d'éinne a mbeo.

Inniu is doiligh domhsa
an focal tomhaiste a aimsiú
is páistí, a gcnámha réabtha
á gcur san aer agus mná,

12

Today it is hard for me
to hold on to my mind
such is the agitation
that has come to my heart
with my people in Gaza
invaded, under attack.

My brothers, my neighbours
in Jabalia, in Khan Younis,
in Rafah, in Beit Lahia
I cannot but help them
or walk the three steps of compassion
in their direction.

It is they who have borne death
through the streets of sorrow
for in Gaza the foundation
stones of humanity
are being broken
by the tyrant's army.

And all the wreaths and all the fine words
of world leaders and church leaders
lamenting the loss
are not enough
while Gaza is one bloody wound
a place where nobody can live.

Today it is hard for me
to find the measured word
while the shattered bones of children
are being buried in open air,

an ghin ina mbroinn scriosta,
glúin óg tógtha as go brách.

Is a Chríost, seo an Nakba aríst,
an cur ó sheilbh, an díbirt,
an loisceadh is an forneart,
is fós níl na tíortha ag teacht
chun fóirithinte is aincheart
Iosrael imithe thar na bearta.

14
Domhnach i Mín an Leá, Domhnach i nGaza

Ar an Domhnach lách seo
i Mín an Leá
agus mé ar mo sháimhín só
sa gharradh
tá mo mhacasamhail i nGaza
rite as anáil
agus é ag impí
go ndéanfaí é a tharrtháil
ó ruathar na ndiúracán
agus ó bhrúcht na bpléascán.

Ar an Domhnach shítheach shóch seo
i Mín an Leá
titfidh an oíche chun ciúnais
agus éireoidh an ghealach
ar aer an tsuaimhnis
ach i nGaza
lasfaidh an spéir

the foetus destroyed in its mother's womb,
a young generation annihilated.

And Christ, this is Nakba again
the dispossession, the banishment,
the burnings, the violence
and even yet the nations of the earth
are not coming to help us though
the injustice of Israel has gone too far.

14
Sunday in Mín a Leá, Sunday in Gaza

On this pleasant Sunday
in Mín a Leá
while I am happy and
 at ease
my likes in Gaza
have run out of breath
imploring
to be rescued
from the rush of missiles
and exploding bombs.

On this peaceful, pleasant Sunday
in Mín a Leá
night will fall to silence
and the moon will rise
in an air of peace
but in Gaza
the sky will light up

ina craos tine
is déanfar conamar de thithe
is smionagar de chnámha an duine.

Ar an Domhnach chiúin seo
i Mín an Leá
is domh is fusa a bheith
ag mairgneach faoi Ghaza
is mé i mo shuí go sócúlach
sa gharradh
ag baint sú as boladh úr
an fhéir ghearrtha
gan de chaitheamh orm
ach dán a dhéanamh.

Gan de chaitheamh orm
ach dán a dhéanamh?

in a ball of fire
and houses will be blown to bits
and fragments will be made of people's bones.

On this quiet day
in Mín a Leá
it is easy to go on
lamenting about Gaza
while I sit comfortably
in the garden
enjoying the smell
of cut grass
with nothing better to do
than make a poem.

With nothing better to do
than make a poem?

Acknowledgments

Michael Hartnett's 'Dán do Rosemary' [Adharca Broic 1978], 'An Phurgóid' [A Necklace of Wrens 1987] and 'Féintrua' are used by the kind permission of the author's estate and The Gallery Press; thanks also to Máire Mhac an tSaoi; Áine Ní Ghlinn and her publishers Coiscéim and Dedalus Press; Michael Davitt and Coiscéim; An Clóchomhar for Máirtín Ó Direáin's poems; Caoimhín Ó Marcaigh for Seán Ó Ríordáin's poems; Cló Iar-Chonnacht and Arlen House for Cathal Ó Searcaigh's poems; and Cathal Ó Luain and Coiscéim for Caitlín Maude's poems.